京都伏見・平安旅館
神様見習いのまかない飯

遠藤 遼

STARTS
スターツ出版株式会社

自分なりにがんばってきたつもりだった。仕事も、恋も。

だけど、ある日突然、目の前から何もかもがなくなって、私のいたところがどこかへ消えていってしまうのを、私はただ見送ることしかできなかった。

うららかな春の日射しの中、私は迷子になったのだ。

迷子の私は、家へ帰る代わりに旅へ出た。

京都に行ったのは、私自身も忘れていた遠い日の約束があったから——。

「つらいことがあったら、いつでもここに来い」

——昔も今も、ぶっきらぼうに言う神様見習いの不器用な優しさに会うために。

千本鳥居と薄紅色の桜の下で交わした、あの日の約束が私にささやきかける。

目次

京都伏見・平安旅館　神様見習いのまかない飯

プロローグ

「何でこんなことになっちゃったのかなあ」

春三月。新しい未来への希望と不安に心揺れる旅立ちの時期。

でも、希望はなく、ただ不安だけを抱きしめて、卒業だけを強《し》いられる人も中にはいるかもしれない。いまの私、天河彩夢《てんかわあやめ》みたいに。

「これからどうしたらいいっていうの……？」

聞く人とていない愚痴を呟く。目の前がじんわりと歪《ゆが》むのは、早々《はやばや》と飛来した花粉のせいだけではない。長めのボブが風に弄《もてあそ》ばれた。色白できめ細かな肌が密かな自慢だったけど、このところは少し荒れている。

つい一週間前のことだ。

社内で大きなプロジェクトが頓挫したという噂《うわさ》が流れた。その手の情報にあまり詳しくない私にまで聞こえてくるのだから、大変なんだろうなと思っていたら、思わぬところでとばっちりが来た。プロジェクトの責任を誰かが取らなければいけないことになり、私の上司がクビになった。そこから玉突きで組織の再編となり、結果的には何十人かがリストラされた。その中に私も含まれてしまったのだ。信じられなかった。

私より仕事ができない（と思っていた）後輩が生き残ったのに。

でも、決められてしまったことは仕方がない――。

とりあえず受け止めるための時間が欲しくて、そして話を聞いて欲しくて彼氏と食事に行ったら、別れ話を切り出された。嘘《うそ》でしょ……。

大学時代に、向こうから告白されて三年付きあってた彼氏なのに、お母さんにも紹介したのに、別れ話はたったの五分だった。

会社の後輩の女の子のことが好きになってしまったとか何とか言っていた。

ショックで彼氏の話はあまり耳に入らなかったけれど、最後まで泣くまいとがんばったことだけは覚えている。かっこいい女で別れたかったのだ。

本当は、嫌なことが重なってもどうすることもできない性格なのに。そんな自分も嫌だけど、それもどうしたらいいのか分からないだけなのに……。

かくして私は、穏やかな日の光を受けながら、行き場を失ってしまったのだった。


会社は有休消化でもう出勤しなくていい。朝起きて鏡を見れば、元気がない自分の顔がある。少したれている眉毛のせいでなおさら悲しげに見えた。ひとりでアパートにいたのでは、自分の居場所のない世界でまるっきり迷子になってしまいそう……。

まだ生きている定期券で東京駅《とうきょう》に出てきた。構内のベーカリーショップでクロワッサンとコーヒーを注文して、ゆっくり味わう。こんなに時間があるのは久しぶりだった。ぼんやりと乗降客を眺める。忙しそうに行き交う人々が、今となっては羨《うらや》ましい。溜《た》まりに溜まった有休はあと一カ月。こんな毎日が続くのかな。次の職探しをしなければいけないのだろうけど、まだそんな気になれない。

足早に過ぎ去る人の向こう、壁に貼られた大きなポスターに、ふと目が留まった。いかにも楽しげに笑っている女性が緑と寺院の間に立っている。JRでのおなじみの京都《きょうと》旅行を勧めるポスターだ。

「……京都、行こうかな」

気がついたときには私はクロワッサンを口にねじ込んでコーヒーで流し込み、席を立っていた。

いつの間にか家に戻った私は、無心でキャリーバッグを用意していた。

着替えの服などを放り込んだ私は、再び東京駅にやってきた。

先ほど眺めたポスターをもう一度確認。そうだ、京都へ行くんだ。

そのまま向かうは新幹線ホーム。カードで切符を購入し、駅弁を買った。ちょっと考えてビールも買う。

新幹線に飛び乗った。切符は窓際の席だ。

目指すは京都。日本人の心の故郷。

静かに新幹線が動き出した。

東京駅が後ろに流れていく。

そうだそうだ、京都に行ってやるんだ。

私はちょっとぬるくなった缶ビールを開けた。

昼酒だって飲んじゃうんだから。

ぷしゅっという音がして、少しビールの泡が吹き上がった。


「京都って、こんなだったっけ――？」

新幹線から降り立った私は、またしても途方に暮れていた。

駅が広い。

建物が近代的。

そして何より、人が多すぎる――。

イメージしていた京都はもっとこう、静かで、私みたいな人間の心を癒やしてくれるようなものだったのに。

でも、少なくとも京都駅にはそういう要素は見当たらない。

東京に帰ろうかとも思ったが、さすがに切符代がもったいない。それに少し落ち着いて考えれば、京都は日本屈指の観光地だ。駅に人が多いのは当たり前。判断力が低下している。やっぱり昼間からのビールがいけなかったのかもしれない。

とりあえずスマートフォンでオススメ名所を検索する。いくつか見比べて伏見稲荷《ふしみいなり》大社《たいしゃ》に行ってみることにした。祀《まつ》られている神様は宇迦之御魂大神《うかのみたまのおおかみ》、と言われてもさっぱりだったけど、千本鳥居と呼ばれるずらりと並んだ鳥居がいかにも美しかったし、実家の近所にもあったお稲荷さんの総元締めみたいなところと書かれていたからだ。

そう思って伏見稲荷大社へ歩こうとしたのだが、意外に遠かった。JR奈良《なら》線に乗って、最寄りの稲荷駅を目指す。京都駅なのにいきなり奈良線なのねと一人で勝手にウケていた。慣れない昼酒のせいかな。

稲荷駅へはそんなに時間はかからなかったけど、乗り慣れない電車というだけで疲労が増してしまった。そして、やっぱりというか、予想外にというか、人が多かった。

それはそうだよね。スマートフォンの名所検索でトップクラスにあるのだから。

でも、それだったら、ウェブ上の写真にも人がいっぱいのものを使って欲しい。そうすれば私みたいな静かにしていたい人は、近づかないかもしれないのに。

気がつけば、私は人波に飲み込まれ、神社のほうへ流されていく。

「うわー……」

千本鳥居を目の前にして私はすっかり気持ちが萎《な》えてしまった。写真で見るのとは随分印象が違う。ひとつひとつの鳥居が心にずしりと重くて、私はそれらをくぐることになぜか怖《お》じけづいてしまったのだ。

「ダメだなあ、私」

私は観光客に道を譲った。みんな、記念撮影をしたり、楽しげに鳥居をくぐっていく。私は道から少し外れたところでその様子を見ていた。

人と一緒に歩こうと思って、何となく途中でついていけなくなる。

そのくせ、流れに押し切られて漂うばかり。

思えばいつもこうだった。

リストラへの対応だって、もっと何かやり方があったんじゃないか。

彼氏とのことだって、もっと言いたいことを言うべきだったんじゃないか。

分かってはいる。

分かってはいるんだけど……。

「京都まで来て、何を辛気《しんき》くさい顔してるんだ」

突然、背後から男の人の声がして、私は飛び上がりそうになった。

「へっ⁉」

思わず変な声が出てしまった。

大慌てで振り向くと、目もとが爽やかな、背の高いイケメンがそばに立っていた。端正でありながら、どこか野性味を感じさせる顔つきの男性。色白で肌がすごくきれいだった。声は少し低めだけど落ち着いている。焦げ茶の髪が早春の風に揺れていた。ボーダーのインナーに、今日の空に浮かぶ雲のように真っ白なシャツを羽織り、ジーンズをはいている。

しかし、一番大事なことは、こんなイケメンの知り合いは私にはいないということだった。

「えっと……」

私の困惑をよそに、その男性はもう一歩近づいてきた。

「でもまあ、この千本鳥居をくぐらなかったのはまずまずだな。いろんな人の念でできた鳥居だから、向こうに行かれてしまうと声がかけにくくなってしまう」

何だか変なことをひとりで言っている。

京都の人って怖いの？　それにしてはいわゆる京都弁のイントネーションがない。だとしたら新手のナンパ？

「あの、私……別に間に合っています」

何が間に合っているのかよく分からないけど、とにかくこの場から失礼させていただきたかった。

しかし、そのイケメンのほうでは、私を解放してくれる気にはなっていないらしい。

「ああ、まだ名乗っていなかったな。人間世界では先に名乗るのが礼儀だったか。高貴な魂である俺のほうから名を明かすというのは業腹《ごうはら》だが、特別だ。俺は心が広いからな。俺の名前は蒼井真人《あおいまさと》という。かの須佐之男命《すさのおのみこと》の子、大年神《おおとしのかみ》の血を引き、八百万《やおよろず》の神々のひとりとなるべく修行をしている選ばれし者だ」

……人は見た目では分からないものだ。ごく普通のすごいイケメン（？）だと思っていたのに、随分とこちらの理解を超越していた。

とにかく、この場を去ろう。可及的速やかにいなくなろう。

「あー……」

私が視線を彷徨《さまよ》わせて退路を確認しようとしていると、蒼井真人と名乗ったイケメンは、みるみる不機嫌になった。

「おい、おまえ。わざわざ神様見習いである俺のほうが名乗ってやったのに、自分の名前は名乗りもしないとはどういうつもりだ。おまえに信仰心はないのか」

「う、うちは真言宗です」

どうでもいいことを口走ってしまう。

ん？　いまこの人、自分のことを「神様見習い」とか言わなかったかしら。

「まあいいや。おまえが名乗らなくても俺はおまえの名前を知っている。天河彩夢だろ?」

「えっ?」

私は今度こそ驚きの声を上げた。

驚きだけではない。何でこの人は私の名前を知っているのだろう。むくむくと不信感が首をもたげ、恐怖心も湧いてきた。

もう泣きたくなってくる。

一刻も早く逃げたい——。

しかし、真人サンとかいう人に大きく舌打ちされて、その剣幕に動けなくなってしまった。

彼が目の前、三十センチくらいに顔を近づける。近い、近いです。

「だから言ったろう。俺は神様見習いなんだ。正式な神様になるために、わざわざこんな汚い下界にやってきたんだ」

「き、汚い下界、ですか」

視界いっぱいのイケメンにどうしていいか分からない私に、彼が付け加えた。

「神々が住まう高天原《たかまがはら》と比べれば下界はどこもかしこも穢《けが》れに満ちている。正直、苦手なんだ。だから、人助けをして神様になるのも楽じゃなくてな。だから、彩夢。おまえは俺の巫女《みこ》見習いってことでどうだ」

「いやぁ、そのぉ……」

ってことでどうだとか言われても困るんですけど……。

「おまえだって、こんな世界にうんざりしているんじゃないか」

「え――」

相変わらず私の眼前いっぱいにその美麗な顔をさらしながら、真人サンがまるで吐き捨てるように言った。

「それはそうだろう。自分の失敗を部下に被らせてリストラとやらをする上司だとか、何年も献身的に尽くしてきた女性をさっさと見捨てて若い女に乗り換える男だとか、そんな連中ばっかりじゃないか」

「それって……」

私は目を大きく見開いた。まるっきり私のことじゃないか。

何でそんなこと知ってるの？　何この人、「神様見習い」とか言っているけど、要するにストーカー？　先ほどまでとは違う明確な恐怖を感じた。

よし。逃げよう。逃げなくては――。

だけど、視界いっぱいの真人という人の黒い瞳が、怖さとは違う感情で私の足を止めているようにも思えた。

あとにして思えば、それは正しいことだったのだと思う。

「どうせ宿も何も決めていないんだろ？　いい宿を知っているから案内するよ。どのみち、この時期の京都で予約なしのひとり旅なんて、そうそう宿は見つからないぞ」

たしかにそうかもしれない。しかし、この人は何ということを言うのだろう。宿を知っているというのはありがたいけど、いくら何でも初対面の男性の案内で宿に行くなんて恐ろしい。

「せっかくですけど、宿のほうは――」

私が、可能な限り穏便《おんびん》にかつ迅速に断りを入れようとすると、それを無視して真人サンが携帯を使っていた。ガラケーだった。神様見習いって言ってたけど、ガラケーは使うのか。微妙に現代的……。

適当に何かをやり取りして電話の相手と合意したらしい真人サンは、いい音をさせてガラケーを畳むと、

「俺だけじゃおまえも怪しいと思ってるだろうから、宿の人を呼んだ。それで嫌なら帰ればいい。まあ、巫女見習いなんだから否《いな》やはないだろうけどな」

とんとん拍子に話が進んでいる。だから、その「巫女見習い」って何ですか？

けれども、これ以上はこの人とどんな会話をしていいか分からない。逃げるチャンスも逸してしまった。どうしよう……。

「あらあら。遠いところからおこしやす」

不意に嫋《たお》やかな京言葉で話しかけられた。

振り向けば、着物姿のすごい美人がにこやかに立っている。

着物は京友禅というのだろうか、春空のような淡く澄んだ青に、薄紅色の桜の花が描かれていて、上品で優雅だった。帯もいつまでも見ていられる光沢で、これも京都だから手織りの西陣《にしじん》の帯だろうか。

それ以上に、着ている人が素敵だった。

「うわー……」と間抜けな声が出てしまう。

京美人。もうそれしかなかった。

肌はきめ細かく透明感があって、ほんのり桃色をしている。ほっそりとした眉と目はまるで高級ひな人形のようだった。ぽってりした唇にさした紅が派手すぎず地味すぎず、みずみずしい美しさを添えている。

「『平安旅館《へいあんりょかん》』の女将《おかみ》をさせていただいてます京極舞子《きょうごくまいこ》と申します」

お辞儀ひとつ取っても、同じ女として恥ずかしくなるくらいにきれいだった。

「あ、えっと。天河彩夢です。よろしくお願いします」

思いきり直角に腰を折ってお辞儀する。顔を上げたら美人の女将さんがくすりと笑っていた。

「うちはいま流行のインターネットとかには名前、載せてませんの。せやから、知る人ぞ知るの隠れ家みたいなお宿でして。さっきの真人さんは居候《いそうろう》みたいなもんで……」

女将さんが指さす方向には「平安旅館」と書かれたワゴン車が止まっている。運転手と思われる眼鏡《めがね》姿の人のよさそうな男性がにこやかに頭を下げていた。

ワゴン車には他にも人が乗っているみたいだ。家族連れのようで、子供が窓から顔を出している。

何だか待たせちゃって申し訳ない気がする。それに、気にくわなかったら他の宿にしてもいいって言ってるし。真人サンだけなら怪しいけど、他の人はいい人っぽいし。

私は例によって言い返すことをしなかったばっかりに、送迎のワゴンに乗り込んでしまった。

こうして、伏見稲荷大社のそばで出会った神様見習いと、その巫女見習いに勝手に命じられた私との、不思議な日々が始まったのだった。

第一話　まかないハンバーグと折り鶴

結論から言うと、旅館としての「平安旅館」は、とてもいいところだった。伏見稲荷大社から車で五分、境内地の北東にある八島ヶ池《やしまがいけ》の北にありながら、観光客の往来も激しくない。

質素なたたずまいだけれども外観は純日本風の造りで、ほっとする。

旅館の前にワゴンが着くと、一緒に乗っていた家族連れの子供が大喜びで建物に駆け込んでいった。お出迎えに出てきた若い仲居さんが目を丸くしている。

「どうだ。いいところだろ」

まるで自分の家のように真人さんが自慢する。一緒に送迎車に乗っていた女将さんは、軽く頭を下げて宿の中へ消えていった。あ、行ってしまうんですね……。

途端に不安になる。

「そう、ね――」

いまなら引き返せると、心のどこかで声がした。

そんな私の斜め後ろから、親しげに話しかける男の人の声がする。

「お疲れ様でした。お荷物お持ちしますね」

「ひっ――」

不意を突かれて飛び退《の》くような変な動きになってしまった。

さっきまで車を運転していた眼鏡の男性だ。私が変な反応をしたというのに、にこにこと笑顔を絶やさない。いい人だ。まだ三十歳くらいだろうか。この人も色白ですらりとしているのに、優しい顔立ちと笑顔のおかげで、真人さんとは随分印象が違う。

その男性は「平安旅館」と名前が印刷された法被《はっぴ》を着ている。胸もとにはネームプレート。「佐多《さた》」と書いてある。

私の視線に気づいたのか、その男性が頭を下げた。

「平安旅館の番頭をやっています佐多敬次郎《けいじろう》と申します」

「あ、はい。天河です」

自分でも分かるほどかちこちだった。仕事以外で初対面の人と話すのは、苦手なのです。

「天河様、どうぞ中へお入りください。お茶とおまんじゅうでお出迎えさせていただいています」

佐多さんは流れるように私の手からキャリーバッグを取り上げた。先ほどの家族連れの荷物も持っているのに、何の重さも感じていないように歩いていく。見た目は細身だけど力持ちなんだな。

私のキャリーバッグが旅館の中へ入ってしまったので、私もそれを追いかけなければいけない……。

「ようこそお越しくださいました」

中に入ると美人の仲居さんたちがそう言って出迎えてくれた。怯《ひる》む。しかし――。

「うわぁ……すごい――」

広々とした入り口だった。よく掃除されて磨き込まれた木の床は黒光りするようだった。天井は高く、それを支える太い木の柱も、床に負けずつやつやと輝いている。窓から差し込む日の光が優しい。いや、空気そのものがとても優しかった。

何だろう。すごく落ち着く。

やっと京都というか、日本人の魂の故郷に帰ってきたのだという感じがした。

奥のソファにさっきの家族連れが座って、お茶とおまんじゅうを口にしている。その光景がどこか私の心の郷愁みたいなものに触れた。

京都でゆっくりと時間を過ごすにはもってこいの場所じゃないか。

「天河様、遠いところお疲れ様でした。お茶とおまんじゅうでおくつろぎください」

さっき出迎えてくれた仲居さんたちのひとりが私を近くのテーブル席に案内してくれた。木の椅子とテーブルが温かい。

あれ？　私、名前言ったっけ？

「私どもでは一度お客様のお名前を伺ったら、すぐに全員で共有させていただきます。お名前でお呼びすることで、ご自宅にいらっしゃるようにおくつろぎいただければと……」

「は、はあ……」と、気恥ずかしくてそんな声しか出ない。

仲居さんは小豆《あずき》色の作務衣《さむえ》を着て、腰に前掛けをしていた。髪はショートボブ。眼は仔猫《こねこ》みたいにちょっとつり目だけどかわいらしい。顔立ちも整っている。明るくて礼儀正しくて笑顔も素敵で、いかにも接客業に向いていた。私と同い年くらいだろうか。同じ人間でも随分違うものだなぁ。

こんな美人さんに愛想よくされたら、気後《おく》れしてしまう……。

しかし、美人の仲居さんはそんな挙動不審の私にも、丁寧な態度を崩さない。

「申し遅れました。私、近森美衣《ちかもりみい》と申します。当館にお泊まりか、まだお考えだと伺っています。こちらにパンフレットがございますので、ごゆっくりご覧ください」

「は、はい」

花束のような笑顔を残して近森さんが去っていった。

思わず大きく息を吐いて、出してもらったお茶のふたを取って、ひと口すすった。

「あ、おいしい――」

普段、コーヒーばかりで、お茶なんてペットボトルでしか飲まない私でも分かる。

このお茶はおいしい。そして高級品だ。

翡翠《ひすい》色のお茶は熱すぎずぬるすぎず、唇にちょうどよかった。表面にほこりのようなものが浮いているのは「毛茸《もうじ》」といって、いいお茶の証《あかし》だと聞いたことがある。

口に含んだお茶がとても柔らかい。

ふわりとした茶葉の香りが鼻に抜ける。

身体に沁《し》みるようなお茶だった。

「あはは。おまえ、お茶飲むだけでもめちゃくちゃうまそうに飲むなぁ」

至福の境地にいた私を、軽い男の声が現実に引き戻した。

いつの間にか、真人さんが私の向かいの椅子に座っている。

「お茶くらいゆっくり飲ませてくれてもいいじゃないですか」

私の抗議を軽く鼻で笑っている。見てくれは悪くないだけ、たちが悪い。

真人さんから目を逸らして手もとのパンフレットを見る。純和風の落ち着いた部屋の写真、きれいに手入れされた四季折々の中庭の写真など、琴線《きんせん》に触れるものばかり。

さりげなく宿泊費用を確認する。お財布の現金は十万円くらいだけど、カードもあるし、貯金もあるし、これなら、大丈夫。

今まで有休も取らずにがんばってきたんだ。

このくらい自分のために使ったって大丈夫――。

家族連れはお茶をすませて行ってしまった。部屋に行ったのかしら。

代わりに他のお客さんが何人か玄関ロビーにくつろぎに来ていた。

みんなリラックスしている感じで、どこか懐かしい雰囲気。

小さい頃に家族旅行で泊まった旅館をイメージしてみて、と言われたら、すぐにイメージしそうな感じとでも言えばいいだろうか。

うん、決めた。ここで宿泊させてもらおう。

私はお茶と一緒に出されたおまんじゅうに手を伸ばした。

お茶はともかく、泊まるかどうか分からない状態でおまんじゅうまでいただいてしまうのは躊躇《ちゅうちょ》していたのだ。

でも、泊まると決めた以上、ありがたくいただこう。

おまんじゅうも久しぶりだな。

ビニール包装がないので乾いているのではないかと思ったけど、そんなことはなかった。

白くて丸い表面はしっとり冷たくて、柔らかかった。

ひと口食べて思わず声が出た。

「――おいしい」

薄いおまんじゅうの皮は手に持ったときの予想通りの、優しい食感だった。薯蕷饅《じょうよまん》頭《じゅう》、というのだったろうか。シンプルだけど、その分、作り手の腕が表れるとか。

おまんじゅうの皮には山芋も使うそうだけど、きっと素材に拘《こだわ》ったすごく高級な品なのではないか。

餡《あん》はこしあん。大好きだ。

それが、ねっとりとしていながら舌の上でほろりと崩れる。

甘味と小豆の旨味《うまみ》が口いっぱいに広がった。

飲み込んだあとにはすっきりと甘味が引いていき、しつこくない。

思わず残りのおまんじゅうをまじまじと見つめてしまった。

このおまんじゅう、売ってるんだろうか。

京都といえば生八つ橋だと思っていたけど、これ、すごくいいかも。

お土産物売り場を探して首を動かしたら、またしても真人さんが笑い声を上げた。

「ははは。どうだ。うまいだろ」

言い方は例によって癇《かん》に障《さわ》るが、おまんじゅうに罪はない。

「うん。おいしい。こんなの初めて食べた。どこで売ってるの?」

なぜか真人さんが会心の笑みを浮かべていた。

「そんなにうまかったか」

「お土産に買ってもいいかなって」

真人さんが、男の人にしては繊細なその指で自分の顔をさす。

「それな、俺の手作り」

「……え？」

「だから、そのまんじゅう、俺が作ったんだよ」

「ええええー!?」

思わず大きな声が出てしまった。周りの人がこっちを見ている。うう。恥ずかしい……。

でも、おまんじゅうなんて本当に作れるのかな……。

「和菓子屋さんだって手作りでまんじゅう作ってるだろ。神様見習いの俺が作れても何の不思議もない。しかし、人間の作る菓子とか料理とかは面白いな。いろいろ文句を言いたいところがある人間社会だが、これは褒めてやってもいい」

この人は相変わらずの物言いである。

「ほんとにあなたが作ったの……」

「何でそこで嫌そうな顔をするんだ。うまかったろ？」

「おいしかったんだけど。おいしかったから問題というか……何か複雑」

イケメンの真人さんが料理をする姿はとてもカッコイイのだろうけど、これまでの印象というものがある。

「そんなに言うならまんじゅう食べるな」

「あ、いえっ。いただきます」

取り上げられそうになった食べかけのおまんじゅうを、慌てて確保した。

少しずつ食べる。気持ちが複雑なのもあるが、普通においしいから一気に食べるのがもったいない。

真人さんがにこにことしている。

「そんなにそのまんじゅうが気に入ったのか」

「……………」

何となく悔しいから黙って食べている。おいしいものに罪はない。

「ははは。そうかそうか。人間の分際で神様見習いのこの俺に隠し事なんて千年早いぞ。普通は人間の側から神様に神饌《しんせん》といって食事を捧《ささ》げるのが信仰の姿だが、俺は心が広いからな。また作ってやってもいい」

「えっ、ほんと?」

思わず最後のひと口をごくんと飲んでしまった。

「ああ、でもおまえのためじゃないぞ。残念ながらな。俺がこの旅館にいさせてもらう代わりに、こういうまんじゅうやらまかないやらを作ってるんだ。ま、宿泊費の代わりだな」

やっぱりときどき変なことを言う人だ。そしてわざわざ「おまえのためじゃない」なんて言わなくていい。

「はあ……」

さっき、「居候みたいなもの」とは言っていたけど、まかない料理だけで長期宿泊？　女将さんも、あの人のよさそうな番頭の佐多さんも、騙《だま》されてるんじゃないか。

そんなことを考えたときだった。

ぐうううぅぅ〜〜〜。

随分な音がした。私のおなかの音だ。顔がひどく熱くなる。ごまかすよりも身体が素直に反応してしまった。

真人さんが驚いた顔をしたあと、吹き出す。

「おまえ、すごい腹の音だな。そんなに腹が減ってるのか」

「違うの！　これは、その——空腹のところに少しだけ食べたから胃が激しく動いて」

自分でも苦しい言い訳だと思う。はっきり言って私は空腹です。新幹線で食べた駅弁なんてとっくに消化されています。ほら、旅行となると何だかいつもよりおなかがすくというかよく食べられるじゃないですか。

まだ何か言いたそうな真人さんを無視して、通りかかった女将さんに宿泊の希望を告げた。着物美人の女将さんが楚々《そそ》とした笑顔でお礼を言う。

「天河様、ご宿泊をお決めいただき、まことにありがとうございます」

女将さんが声をかけて、さっきの近森さんが宿泊手続きの記入用紙を持ってきてくれた。

　その間に、自称「神様見習い」がまたしてもデリカシーのないことを言う。

「舞子さん、こいつ、腹が減ってるみたいなんだ」

「なっ……！」

　私が抗議する前に、女将の舞子さんが上品に笑った。

「うふふ。先ほどかわいらしい音が聞こえました」

「あ、いえ、その……」

　恥ずかしくて消え入りたい。ごまかすために一生懸命、宿泊手続きを書く。美人に笑われるのって、意外とつらい。よし、決めた。これから自称「神様見習い」のことは「真人」と呼び捨てにしてやる。

　でも、舞子さんは優しかった。左手に内巻きにした腕時計を見て、こう言った。

「御夕飯までまだ時間がありますさかい、私が何かご用意しましょうか」

「え、それって……」

　うれしいと同時に、典雅な京言葉から発されたその申し出に、別のイメージがこみ上げてくる。

　京都で有名な「ぶぶ漬け」。京都の人に「ぶぶ漬け、食べます？」と聞かれたら、直訳では「お茶漬け食べますか？」だけど、本当は「さっさと帰れ」と同義だという京都人の怒りを表すというあの言葉。それを私は遠回しに投げかけられてしまったのだろうか。お夕飯まで待てない卑《いや》しい東京人は帰れと言われてしまうのかしら。

まさか、私と同じような想像をしたのか、隣で真人も変な顔をしてる。そもそも、真人が変なことばかり言うせいじゃないか。

舞子さんが着物の袖で口もとを隠すようにして笑った。

「ふふふ。お客様に『ぶぶ漬け』なんて言いまへん。文字どおりのまかないでよければ、私が見繕ってきますさかい、お荷物をお部屋に置いて小宴会室へお越しください。真人さん、ご案内して差し上げて」

真人が嫌そうな顔をしている。

「何で俺が道案内なんだよ」

「真人さんの巫女見習いさんなんやから、当然でっしゃろ」

やれやれといった感じで真人が私のキャリーバッグに手を伸ばそうとした。

「ちょっと待ってくださいっ」

思わず大きな声になってしまった。ついでにキャリーバッグを取り返しておく。

「何だよ、舞子さんが言うからせっかく荷物を持ってやろうっていう俺の優しさを無《む》碍《げ》にするつもりか」

「荷物は自分で持ちます。そんなことより、さっき、女将さん、『巫女見習い』って

「……どういうことなんですか」

私の疑問に舞子さんが目を丸くした。

「真人さん、ちゃんと説明してはらへんのです？」

「したよ。俺が神様見習いだってことも、巫女見習いにしてやったってことも。こいつ、頭が悪いのか信仰心が欠けすぎてるのか、たぶんその両方なんだよ」

「真人さんの説明が悪かったんとちゃいますの」

舞子さんが真人を一言で黙らせた。ちょっと溜飲《りゅういん》が下がる。

けれど、問題は何も解決していないのでは……。

「神様見習いだとか巫女見習いだとか、結局どういうことなんですか」

舞子さんが少し遠回しな答えをした。

「この『平安旅館』はインターネットとかには載せてまへん。それはさっきお話ししましたね」

「はい」

「それにはちゃんとした理由がありまして。このお宿、普通のお客様だけやなしに、いろいろと訳《わけ》ありの人ばっかりやってくる隠れ家なんです」

「訳ありの人、ですか……」

「このお宿にいる間に、ご自分で何か答えを見つけないといけないことを皆さん抱えてやってこられるんです。そして真人さんはそんな人たちの答え探しの手伝いをして、うまいことやれば八百万《やおよろず》の神々の評価をいただいて神様になれるということで、ここに居候しています。口はあれですけど、須佐之男命のお孫さんに当たる血筋なので、一応まともな人やとは保証します」

舞子さんの説明……大枠で真人の話と一緒だ。

ということは、本当なの？

「最初っからそう説明しているじゃないか。まったく、八百万の神々に加えていただけるという利点がなければ、人間世界なんて下劣なところに高貴な魂の俺が出てくるわけがないだろう。不信心者め」

真人だけでは半信半疑というより限りなく疑っていたのだけど、舞子さんにまでそう言われてしまうと、信じるしかない気がしてきた。

「あの、そうしたら『巫女見習い』というのは……」

舞子さんがうっとりするような微笑みを浮かべた。

「文字通りです。神様には巫女、神様見習いには巫女見習い。真人さんはご覧の通り人間世界の常識に欠けています。それを補ってあげてください。悪い人やないので、よろしくお願いします」

「はあ～……」

キャリーバッグを部屋の片隅に置き、思わずため息が出た。

今日の朝、私は東京にいた。何の希望もなく、何の未来もなく。

東京駅のポスターを見て、京都行きの新幹線に飛び乗った。

スマートフォンで検索して伏見稲荷大社に行こうとして、人が多すぎてやめたところを「神様見習い」真人に捕まった。

最初は何かの冗談だと思っていたけど、本当らしい。

「平安旅館」は夢でも幻でもないのに。それどころか、案内された部屋はひとりで使うにはもったいないくらい、ゆったりした広さで、清潔で、窓からの眺めもまったく申し分ない。

中庭の植木や石が、パンフレットに載っていた通り、とても素晴らしい。日本の美の極致みたいな庭だ。

その庭を眺めて、私は今日どこでどう間違えてしまったのか考えていたとき、部屋の扉が乱暴に叩《たた》かれた。

「おい。何してんだ。寝てんのか」

差し当たっては本日最大の間違い、真人が大声を出している。

部屋に入ろうとしないだけの最低限のデリカシーがあって助かった。

「もうっ。いま行きます！」

部屋を出ると真人が仏頂面で立っている。

「まったく。おまえが腹減ってるなんて言うから、小宴会場まで案内してやろうっていうのに」

本当にこの人は口が悪い。こんなので神様になれるのかしら。

この旅館にはいくつか宴会場があるみたいだった。

中でも、大宴会場は毎晩、宿泊者がみんな集まって夕食を取るのだという。

案内された小宴会場は、大宴会場から適度に離れていた。しかも、厨房《ちゅうぼう》からは近い。

なるほど、中途半端な時間にこっそりご飯を食べるにはうってつけだった。

私が真人に案内されてその部屋に行くと、ちょうど舞子さんがお膳を持ってきてくれたところだった。

「私がいま板場《いたば》を覗《のぞ》いて適当に作らせてもらいました。京都のおばんざい、というには簡単すぎるかもしれへんけど」と舞子さんが謙遜《けんそん》していた。

お膳を見て思わず声が出てしまった。

「わあ……」

ご飯は白くつやつやと輝いていて、ほかほかの湯気が立っている。

豆腐だけのおすましは、これはいま早急に作ってくれたらしい。

おかずは厚焼きの玉子焼きとたらこを焼いたもの。

もう十分すぎる。

しかも、着物美人の女将の舞子さんが、一見《いちげん》さんの私のために自分の手で作ってくれたのだ。それだけで涙ものだ。

本当のいい旅館のサービスって、ここまでしてくれるものなのかな。

舞子さんにお礼を言う。

感動の気持ちを噛みしめながら両手を合わせて、いただきますをしようとしたときだった。

横から突然、男の手が伸びて玉子焼きを一切れつまみ上げた。

「あぁーっ！　何てことすんのよ」

真人が舞子さんの厚焼き玉子を奪い取ったのだ。そのまま自分の口の中へ。私、まだ一切れも食べていないのに。

これのどこが神様見習いなんだ。夕食前の小学生男子レベルじゃないか。

私が嫌悪感丸出しで真人を見ていたら、あろうことかこの人は言った。

「……まずい」

「ちょっと、あなたね！　人の料理を横取りした挙げ句、女将さんの料理にケチつけるつもり？」

「まずいものは、まずいんだよ」

そう言いながら真人は、さらにおつゆを飲み、焼きたらこも失敬した。

「ちょっと！」

「……すげえ、まずい。舞子さんがこいつに何か食わせるって言い出したときからこんなことになるような予感がしてたけど、これ、何入れたんだよ」

因縁をつけるような顔つきの真人に対し、舞子さんはおっとり構えている。

こんな美人の女将さんが、そんなまずいもの作るわけないではないか。

自分がおまんじゅうをおいしく作れることで、女将さんに対抗意識を燃やしているのだろうか。

女将さんの冤罪《えんざい》を晴らすべく、私が箸を伸ばしかけたとき、女将さんが言った。

「玉子焼きの中にはウスターソースと和三盆《わさんぼん》で煮からめた切り干し大根入れました。おつゆはお塩を一握りどばっと。たらこは旨味《うまみ》を出すためにケチャップを塗りながら焼きました」

思わず箸が止まった。

「女将さん、本当ですか」

「トマトには旨味成分のグルタミン酸が多く含まれているんですよ」

いや、その組み合わせはないだろう。

思わず真人の顔を見てしまう。真人がお茶で口の中をさっぱりさせていた。

「厚焼き玉子の中に切り干し大根を入れるのはありなんだが、その味付けはないな。他のものについても論外だ」

「あらあら」

ズボンからハンカチを取り出して口周りを何度も拭《ぬぐ》った真人が、顔をしかめたまま言った。

「おい、巫女見習い。それ、毒だから食うなよ。俺が作ってやるから待ってろ」

「毒って……」

相変わらず口が悪い。でも、女将さんのほうはのんびりした顔つきのまま。ひょっとしたら表情に出さないだけで、すごくお怒りなのかもしれないけど。

「おいしいんやけどねえ」と舞子さんが残りの玉子焼きや焼きたらこをひょいひょいと食べている。「たしかにちょっと『あれんじ』させすぎましたかしらねえ」

あれ、普通に食べてる。ひょっとしておいしかったんじゃ……？

そう思って残っているおつゆをひと口飲んでみたら、めまいがするほどしょっぱかった。真人の言っていたことのほうが正しいようだ。

そのおつゆも、舞子さんは平然と飲んでしまったけど。

真人が戻ってくるにはもう少し時間がかかった。

またおなかが鳴りそうなのを舞子さんと世間話をして無理につないでいたら、やっと真人が新しいお膳を持ってきた。

小さめの丼がふたつ。急須のようなものと薬味を入れた小皿もふたつずつあった。

「京都名物『ぶぶ漬け』、じゃなくて、鯛《たい》茶漬けだ。今夜の刺身をちょっと分けてもらった。舞子さんの分も持ってくる」

真人が持ってきた丼を覗くと、ごまだれに絡めた鯛の切り身が見えた。

こんもりとうずたかく盛り付けられている。ご飯はこの下にあるのだろう。

刻み海苔《のり》、あられ、三つ葉を適当に散らし、急須の中のものを回しかける。

鯛茶漬けというからお茶をかけたのかと思ったが、昆布と鰹《かつお》のよい香りがして、出汁《だし》をかけたのだと分かった。

熱い出汁で鯛の身が少し白くなる。

舞子さんと私の前にそれらを準備して、真人が言った。

「さあ、食ってみろ」

私は箸を取って、丼を手に取った。少し迷ったけど盛り付けてある鯛の切り身を崩し、ご飯と一緒に口に運ぶ。

「あっ」

鯛の身の旨味とごまだれ、出汁の味わいがよく絡みあっている。

海苔の風味やあられの食感も楽しい。三つ葉の香りが爽やかだった。

今度は出汁だけをすすってみる。

少しごまだれと混ざってしまっているが、それでも香りといい、味付けといい、食べたことがないくらいだった。

気づいたときにはさらさらと箸が止まらなくて。

丼の中身はきれいさっぱりお腹の中に入ってしまった。

「どうだ。うまかったか」

真人が笑顔で覗き込むようにしている。

「……おいしかった」何か少し悔しいけど。

「結構でした」と舞子さんがにっこり微笑んだ。

「こういうとき、なんて言うんだっけ。ああ、『お粗末様でした』」

真人が楽しそうに食べ終わった食器を片づけている。

初めて真人の笑顔を見たような気がした。

正直、びっくりするほどおいしかった。

おいしいものを食べさせてくれる人はいい人、とは言わないけど、案外この人は根はいい奴なのかもしれない。

もう少し、この人に付きあってあげてもいいかも。どうせ時間はあるんだし。

◇

食べ終えた食器類を片づけに厨房へ真人と舞子さんが消えてしまったから、ここからは、私が知らなかったこと。ずっとずっとあとになって教えてもらった。

厨房で洗い物をしながら、真人は厨房の入り口の舞子さんに声をかけた。

「あんた、すっげえことしたな」

「何がです？」

「あの料理。いくら五穀豊穣《ほうじょう》の女神で自分が作った物だからって、よく食えたな」

「食べ物を粗末にしてはあきまへんえ。さすがに口の中がおかしくなりました。でも、そのあときっと、真人さんがおいしいもん作ってくれるやろと信じてましたさかい」

調理器具を洗う手を止めて、真人が舞子さんを睨んだ。

舞子さんは笑っている。

「ったく――」

真人が力任せに洗い物をしている。

「おお怖《こわ》。真人さんに感謝されこそすれ、睨まれるようなことはしてまへん」

「あんたがまず劇物を作って、そのあと、俺がうまいものを作る。そうすることであの巫女見習いの気持ちを開かせたことか。下等な人間の娘にそこまで下手《したて》に出てどうするんだ」

舞子が芝居がかったように驚いてみせた。

「おや、そこまで見抜かれてましたん？　うちも演技力が落ちましたなあ。あと女性はきちんと名前で呼んであげるがよろし。彩夢さんって」

「どれもこれも大きなお世話だ。俺の高貴な魂に釣りあうくらいに、魂を磨いたら考えてやらないでもない」

調理器具を洗い終えた真人が舞子に向き直った。

舞子が大仰《おおぎょう》にため息をつく。

「やれやれ。こんな調子やったら、自分が高天原入りを許されず、現世《うつしよ》で努力するように言われたことの意味を悟るのには、まだまだかかりそうですなぁ」

「選ばれし神様見習いの俺の指導で、人間どもを導き、世の中を正しくすればいいんだろ。言うことを聞かない人間どもにそんなことを言っても、どだい無理な注文だろうけどな。そうだろ、おばさん」

「『おばさん』なんて年やありまへん。真人さんはたしかに私の兄の大年神の血筋やけど、次『おばさん』言うたら点数ゼロにしてこの宿から追い出しますえ」

「悪かったよ、もう言わない」

真人がそっぽを向いたまま謝る。

舞子さんが相変わらずの笑顔は崩さず、目に力を込めて真人をたしなめた。

「とにかく、ご縁やで。目がぱっちりしてまつげも長くて、きれいな子やない。あの子は大切にしときさ。でないと、点数下げますよ。蒼井真人さん」

真人が何かを言い返そうとしたが、結局、渋々という感じで頷く。

「こんなとき現世では何て言うんだっけ？　ああ、『前向きに検討します』か」

「真人さん」

「分かったよ。睨むなって。舞子さん――いや、伏見稲荷大社の主祭神・宇迦之御魂大神様」

……そんな会話があったことなど知らない私は、真人の非常識ぶりにまだまだ振り回されるのだった。

◇

真人の鯛茶漬けは絶品だった。

といっても、夕飯が食べられなくなるほどでもなく、その辺りまで計算してくれているのは、正直すごい。

食べ終わったお膳も、真人と舞子さんが片づけに行ってしまったので、私は館内案内の書いてあるパンフレットを片手に、ゆっくりと館内を歩いてみることにした。

自分も宿に泊まることに決めたことと、おなかに余裕ができたからだろうか。周りのお客さんたちのこともさっきよりよく見えるような気がする。

舞子さんが「訳あり」のお客さんがなぜか多く集まってくると言っていたので、気になっていたのだ。

「訳あり」っていうとやっぱり、誰かに追われていたり、仇《かたき》を探していたり、逃亡犯だったりするのだろうか。それは刑事ドラマの見すぎか。

大浴場の前の休憩処では、私と一緒に送迎車に乗ってきた家族連れが休んでいた。

夕食前に一風呂浴びたのか、浴衣《ゆかた》姿でのんびりしている。

大きいお風呂が楽しかったのか、男の子がはしゃいでいた。

「ねえ、ママ、ママ。あっちに家族湯があるんだって」

「そう。いまはいいわ。ちょっとゆっくりさせて」

「パパ、今度の学校があるのは温泉があるところなんだよね」

「ああ、そうだぞ。休みの日には温泉巡りでもしよう」

「ふーん、そうなの」

ひとり暮らしのアパートでは大きな湯船はそれだけで幸せだ。このまま入ってしまおうか、それとも一旦部屋に戻って浴衣を持ってこようか。

「よかったら、浴衣をお持ちしましょうか」

「きゃっ」

背後から声をかけられてびっくりした。

声をかけてきたのは近森さんだった。

「申し訳ありません、天河様。驚かせるつもりはなかったのですけど」

「あ、いえ。私が勝手に驚いているだけなんで、大丈夫です」

「女将から天河様が大浴場のほうへ行かれたので、お声がけするように言われておりましたもので」

さすが京都の旅館の女将さん。細かいところまで見ているんだな。けど、

「……女将さんって、何者なんですか」

とんでもない料理作って食べるし。

近森さんが困ったような笑顔になった。

「いい方だ、としか私にも分からないんですよ。何しろ神様見習いを居候に受け入れ

るくらいですから、懐《ふところ》が深い方なんだと思います」

「近森さんも、神様見習いって、その、受け入れているんですか」

「ええ、まあ」と近森さんが苦笑した。「ここだけの話、私も昔、この宿で女将さんに心の重荷を救ってもらった『訳あり』の客だったんです。だから、女将さんのこと、信じてるんです」

その言葉に、何だか私の胸がずきんと痛んだ。

近森さんのことを、美人の仲居さんとしか思っていなかった自分が恥ずかしい。

彼女だって私と同じで生きている人間なんだ。

悩みもすればつらいこともあっただろう。

「あ、何か、変なこと聞いちゃったみたいですね。ごめんなさい」

しかし、近森さんはかえって恐縮したような顔で首を振った。

「いいえ！　私こそ、つい気安く自分のことなんて話しちゃって、天河様に気を使わせてしまいました」

そこへ、年配のご夫婦が近森さんに声をかけた。

「近森さん、お世話になりました」

「ああ、水島《みずしま》様、こちらこそありがとうございました」

「おかげ様でゆっくり心を伸ばすことができました。もう大丈夫です」

夫婦水入らずで京都の隠れ家お宿で羽を伸ばしていた、というには、何となく近森さんへの感謝の気持ちが深いように見える。丁寧にパーマをあてた奥さんのほうは、うっすら涙ぐんでハンカチを目にあてていた。

ひょっとしたらこのご夫婦も、心の重荷を背負ってこの宿に来ていたのかもしれない。

老夫婦は何度も何度も感謝の言葉を繰り返して、受付のほうへ歩いていった。

その後ろ姿は互いに支えあい、かばいあっているおしどり夫婦そのものだ。

「お客様の個人的なご事情は守秘義務ですから、具体的なところはお話しできませんけど、あのご夫婦も……」

近森さんがそう言って目配せした。

どんな事情を抱えてあの夫婦が来たのか、私には分からない。

どんな答えを出してこの宿を去っていくのかも、当然分からない。

でも、あの後ろ姿を見る限り、何だか大丈夫な気がする。

「訳あり」のお客さん、か。

そう考えれば私だってそうだ。

仕事もなくなり彼氏にも振られて、ここにやってきたのだから。

感傷的な気持ちになっていると、今度は女性の声が近森さんを呼んだ。

「みっいーちゃーん」

声をかけたのは上機嫌の女性。目がとろんとなっていて顔が赤い。きちんとしていれば清潔感のある女性に見えるだろう。長い髪は緩くパーマをかけていてお化粧もきれいにしているし、春らしいブラウスを着ていて、さっぱりしているし。いわゆる仕事ができる女性のファッションだと思う。スレンダーで、三十代くらいに見えるけど、実は五十歳ですという可能性も否定できない。年齢不詳の美人キャリアウーマンといったところ。

しかし、びっくりするほどお酒くさい。

よくそんなに飲めるな……。

「いかがなさいましたか、大沢様《おおさわ》」

近森さんの対応に、大沢と呼ばれた女性は、にこやかに笑いながら片手に持ったタブレットをぶんぶん振った。

「『大沢様』なんて他人行儀な呼び方はしないでっていつも言ってるじゃない。文恵《ふみえ》さんでいいのよ、文恵さん。なんなら、文ちゃんでもいいのよ？」

苗字に様付けというのは、お客様なのだからそうなるのだろうけど、やっぱりこそばゆい感じがする。私もできれば下の名前で呼んで欲しいのだが……。

「では、文恵さん。いかがなさいましたか」

「あのね、お酒なくなっちゃってさ。大宴会場で飲めるの何時からだっけ」

「あと十分くらいですよ」

近森さんの答えを聞いて文恵さんが万歳して喜んだ。まだ飲むらしい。近森さんが、文恵さんに、くれぐれも酔ったまま風呂に入らないでくださいと案内していた。

「伏見はお酒がおいしいじゃなーい？　安土桃山《あづちももやま》時代から有名なんでしょ？　飲まなきゃ飲まなきゃー」

「お詳しいですね。お水がすばらしいですから。ここから南の桃山のほうにある御香《ごこうの》宮《みや》神社は『伏見の御香水《ごこうすい》』として有名ですし」

「それそれ。おいしいお水のおいしいお酒よ」

文恵さんが何だかんだと近森さんに絡んでいるそのとき、私のスマートフォンが震える。

着信だ。

ディスプレイに表示された発信元は「お母さん」。

その文字が私を急に、京都の隠れ家お宿から、現実の世界に放り込んだ。

「もしもし――？」

『彩夢？　お母さんだけど』

少し早口のお母さんと話をすると、いつも何か追いかけられているような気持ちになる。

「お母さん、どうしたの――？」

声が強張った。

何でこのタイミングで電話がかかってくるだろう。

リストラに遭《あ》ったら実家にまで連絡が行くのだろうか。

いや、まだ公的には会社に籍がある。有休消化中だから大丈夫、なはず――。

『最近、声聞いてなかったから』

いわゆる大企業勤めのいい子――これが、お母さんが私に求めた理想像。

ついこの前までは私はそのお母さんの理想通りだったのだけど、いまは……。

バレていない。きっと大丈夫――。

「元気だよ」

『こんな時間に電話しちゃってごめんね。仕事のほうはどう？』

何気ない問いが胸を刺す。

電話の声を聞かれたなくて、私は近森さんたちに背中を向けた。

「まあまあ？」

『あんたいつもそればっかりね。何だか大きな仕事があって大変だって言ってたじゃない。お母さんだって心配してるのよ？　最近は大企業でもリストラとかで身分は安定しないし、何かあるとすぐ不祥事でマスコミ沙汰になったりもするじゃない。ご近所からもときどきそんな話が出てね。彩夢は大丈夫だと思うけど――』

結局、そうなんだ。お母さんは私を心配しているように見せているけど、目線はいつもご近所という世間様に向いている。

ちょっと鼻の奥がつんとした。

「うん、まあ、大丈夫」

そう。私は大丈夫じゃないといけないんだ――。

と、そこへ、今日知りあったばかりなのにすでに聞き慣れた声がした。

「何が大丈夫なんだ」

真人が眉を思いきりひそめて私の前にいた。どこから来たの、この人――!?

『彩夢?』

「だ、大丈夫だよ?」

慌ててごまかそうとするが、真人が私を逃がさない。

「大丈夫じゃないだろ。目も鼻も真っ赤だ。人間の肉体がそういう反応をしているときは泣いてるときの可能性が極めて高い。俺に事情を説明してみろ」

うるさい。変なこと言ってお母さんに聞かれたらどうするの。

私が手であっちへ行けと繰り返しているのに、真人には伝わらない。

『……彩夢、そこどこ？』

「え、どこって……」

『会社じゃないの？』

言葉に詰まる。リストラに遭って有休消化で京都に来ています、なんて言えるわけがない。

でも、お母さんをごまかせる自信がない。

とにかく何か言わなければと慌てる私から、誰かがスマートフォンを取り上げた。

「もしもし、ただいまあんたの娘さんは京都にいますよ」

いらぬことを口走ったのは真人だ。

『京都!?』

スマートフォンを耳に当てていなくても、お母さんの叫びが聞こえた。

私が慌ててスピーカーをタップしてフォローしようとしたが、真人が先に話を進めている。

「ええ、京都。娘さんは……仕事でがんばった分、ご褒美で京都旅行に来ています」

ちょっと見直した。真人がうまいこと言ってる。嘘はひとつもついていなかった。

驚きで目が丸くなる。絶対とんでもないこと言って揉《も》めると思ったのに。

スピーカーを通してお母さんのよそゆきの声が聞こえた。

『ああ、そうでしたか。ところで、お電話口様はどちら様でしょうか』

「俺？　俺は――まあ、この際どうでもいい」

『え？』

　真人のフォローは長続きしなかった。

「それよりあんたさ、こいつの母親なんだよな。母親っていうのは子供をかわいがるものじゃないのか。さっきから聞こえてるけど、仕事のこととか近所の評判とかそんなことしか聞いてないみたいじゃないか」

「ちょっと、ちょっと」何言い出すのよ、この人は。

　私がスマートフォンを奪い返そうとするのを避けて、真人が怒鳴った。

「そんなことより先に聞くことがあるだろっ」

『はい？』

「ちゃんとご飯食べてるかとか、身体大丈夫かとか。困ってることないかとか、つらいことないかとか。もっとちゃんと心配してやれよ」

　やっとのことでスマートフォンを取り返した。

「あ、お母さん。ごめんね。京都っていうのは本当なんだけど、いまの人、会社の人で、ちょっと酔っ払ってて。またかけるから」

　お母さんが何か言い返そうとするのを無視して、スマートフォンを切った。そのまま電源も切る。

「ちょっと、真人――」

神様見習いに、人としてのマナーの何たるかを説教しようと振り返ったときだった。

「わっ」

背中の辺りに衝撃があった。さっきの家族連れの男の子が私の背中にぶつかってい
る。

「あ、ごめんね。痛かった？　怪我《けが》とかしてない？」

しゃがみ込んで、私は慌ててぶつけた辺りのおでこをさすってあげた。まだ小学校低学年くらいの男の子で、鼻は低いけど肌はすべすべでかわいらしい。さらさらの髪で、優しい顔をしていた。浴衣が似あっている。

「大丈夫」と男の子が言う。本当はまだ痛いのかもしれないのに、しっかりしていた。

「ごめんね。ママは？」

男の子がちょっと困ったような顔になった。その視線の泳ぎ方が、妙に心に引っかかった。

「聡一《そういち》」と、男の子のお父さんの声がした。「ダメじゃないか。浴衣を着たからってはしゃいで。もうすぐお夕飯だぞ。……うちの子がご迷惑をおかけしました」

同じく浴衣姿のお父さんが聡一くんの手を握る。聡一くんとお父さんはよく似た顔

をしていた。私のほうに何度も頭を下げながら去っていく。

聡一くんが手を振っていたので、私も手を振り返した。いい子だ。

「もう少し周りのことも見ないとな。ぶつかった子供がかわいそうだ」

「真人！　元を正せばあなたがうちのお母さんに変なこと言ったからでしょ」

私が真人に強く抗議をしたとき、今度は酔っ払いの女性の大きな声がした。

「あーん、歩くの疲れたぁ。美衣ちゃん、ここにお酒持ってきて」

「文恵さん、そんなところに座り込まないで。休憩処で休みますか」

「大丈夫。飲む」

タブレットを抱えてその場にしゃがみ込んだ文恵さんが、だだをこねている。大きな声だから目立った。面倒な酔っ払いのはずなのに、どこか愛嬌《あいきょう》があって憎めない。

近森さんが困っていると、番頭の佐多さんが小走りでやってくる。

「ここは僕がやるから、近森さんは大宴会場の準備をして」

近森さんが文恵さんに会釈して大宴会場に向かおうとすると、文恵さんが早速絡んできた。

「えー、何で美衣ちゃんいなくなっちゃうのー？　佐多さんいじわるー」

文恵さんが佐多さんをぱしぱし叩いている。

「ああ、大沢様、やめてください」

「大沢様じゃなくて文恵さんだって言ってるでしょ」

近森さんと目が合う。どちらからともなく苦笑した。

「大変ですね」

「いろいろあるんですよ、皆さん。きっと」

相変わらず文恵さんが佐多さんをいじめている。

近森さんがやれやれとため息をついたとき、私は気づいたら声をかけていた。

「あの、近森さん」

「はい？」

「私も、天河様じゃなくて、彩夢って。下の名前で呼んでもらったほうがうれしいかも」

言いながら頬が熱くなった。私も面倒くさいお客って見られたかな。

でも、やっぱり名字に様付けは落ち着かない。宿泊しているだけで、たぶん同世代の近森さんにそんなふうに言われるほど、私は偉い人間ではないし。

「はい。分かりました。それでは彩夢様で」

「様付けやめて」

「じゃあ、彩夢さん」

すごくうれしい。

「あー、そこの女子ふたりー。青春してるなあ。お姉さんも混ぜてよぉ」

文恵さんが私たちふたりの間に入ってきた。

「じゃあ、文恵さん、私と一緒に大宴会場に行きましょう。お酒が待ってます」

近森さんがそう言って肩を貸した。

「うん」と頷いた文恵さんが私を指さした。「彩夢ちゃんも一緒に行こう」

「私もですか」

「もちろん。みんなで行けば怖くない。ほら、彩夢ちゃんも近森さんなんて呼ばないで、美衣ちゃんでいいんだよ」

思わず近森さんと顔を見あわせた。酔っ払いのテンションに私もちょっとあてられていたのかも知れない。

「じゃあ、せっかくなので美衣さんで」

さすがにやりすぎたかなと思ったけど、近森さん、もとい美衣さんは笑って頷いてくれた。

後ろでは真人が「全然分からねえ」と呆れた声を上げていた。

大宴会場はかなりの広さだった。全館のお客さんが夕食と朝食をここでとるようになっているのだから、広くて当然だ。

長い座卓が二列にずらりと並べてあり、座布団の数は人数以上に並べられている。そこに適当に座ると仲居さんがお膳を持ってきてくれた。

今日はすいているほうだと美衣さんが教えてくれた。さっき、美衣さんに挨拶して出ていった老夫婦以外に、別の家族連れとＯＬ三人連れが宿を引き払ったのだという。その全員が訳ありのお客さんだったのだろうか。

何はともあれ、おかげで大宴会場は広々している。

酔っ払いの文恵さんは大宴会場に着くと自分の足で壁際の隅のほうに座った。定位置があるようだ。座椅子の背もたれに上体を預けてタブレットを操りながら、さっそく日本酒を舐《な》め始める。動画でも見ているんだろうか。

さっきぶつかってしまった聡一くんのご家族ももう来ている。ご両親の間に聡一くんが座っていた。お膳の料理を笑顔であれこれ指さして、お父さんやお母さんにどんな食べ物か聞いているみたいだ。普通に大人向けのお膳だけど、ちゃんと食べきれるのだろうか。

他には眼鏡をかけた女性のひとり客がいた。私より年上だろうか。後ろで軽くまとめただけの髪型だけど、断言する。あの人は美人だ。姿勢もいいからたぶん体育会系の美人だと思われる。小学校の頃に通っていたスイミング以外は文化系の私とは、最も縁遠い存在かもしれない。

私は空いている座布団で、どのお客さんからもそれなりに離れているところに座ろうとして、ふと悩んでしまった。広い宴会場でそんなに離れて座っては配膳の仲居さんに迷惑ではないか。しかし、他のお客さんのそばに気軽に座る勇気もない。

一瞬の戸惑いを何と判断したのか、私の後ろについてきた真人がまた変なことを言った。

「よし、おまえの席は俺が確保してやろう」

「自分の座るところくらい自分で決めます」

しかし、真人はそのまま大宴会場へ入っていってしまう。

真人はまず、文恵さんのところに顔を出した。距離があるからふたりで何を話しているのか分からないけど、文恵さん、いい顔していない。タブレットを抱きかかえて、不機嫌そうにしている。食い下がる真人。食い下がるな。

「ちょっと、彩夢ちゃーん。この人何とかしてー」

文恵さんがとうとう私を呼びつけた。

「あ、ごめんなさい。この人、何かしましたか」

「ときどきまかないでおつまみ作ってくれたりするから悪い人じゃないって知ってるけど、ごめん、飲むときは基本ひとりがいいの」

私が頭を下げて謝っているうちに、真人はどこかへ行ってしまった。

見れば、今度は女性のひとり客のところに真人がふらっと寄っている。どんなちょっかいを出そうというのだ。

近づくと案の定、女性が気分を害していた。

「困ります、そういうの」

「人間ってそういうものなんだろ。おとなしく言うことを聞いておけ」

ものすごく怪訝《けげん》そうな顔で真人が見られてる。近づくとよく分かる。やっぱりこの人、美人だ。運動をきちんとやった人特有の凛々《りり》しいきれいさ。

だから、怒っているいまの顔はとても怖い。

「すみません。この人、失礼なことしましたか」

「急に来て『人間はひとりじゃ寂しいんだろ。こっちにもひとりのがいるから一緒に飯食っていいか』って。言い方があんまりでしょ」

真人、客商売不向きすぎ。旅館の評判を落とすから、居候ということも黙っていたほうがいい……。

その女性に何度も頭を下げて謝ると、私は真人を引っ張っていった。

「あなた、一体何がしたいの？」

「おまえが一緒に食事できる相手を探しているんだ。感謝しろ」

「あのねぇ……」

ちょっと頭が痛くなってきた。

「さっき、大浴場の前で、おまえは近森さんと文恵さんのふたりと仲よくなってうれしそうにしていたじゃないか」

「あ、あれは――」

ひょっとして真人は一応私のことを考えていてくれたのだろうか。

「人間というのが弱い生き物だから、誰かと一緒にいたがるのだろ？　馬鹿馬鹿しい限りだが、自分自身の心の中にすべてがあると言われても何も分からない、魂が未発達な人間にはそれも大事なことだと思えばこそ――」

やはり致命的に何かがずれている。

「あのね、人間には適度な距離感っていうのが大事なんです」

と、説教しておいたが、果たしてどこまで心に届いたことやら……。

それにしても、真人のおかげでご飯を食べにくくなってしまった。コミュ力が高い人なら、真人の愚行蛮行をネタに、誰かとお近づきになることもできるのだろうけど。

そんなことを考えていたとき、聡一くんが私に声をかけた。

「お姉さん、こっちの席空いてるよ」

たれ眉の小学生男子が気遣ってくれました。本当に優しい子だ。

少しシャープな顔つきのお母さんのほうはこちらに目も合わさないで無表情だったけど、お父さんが「よかったら、どうぞ」と笑顔で勧めてくれた。やっぱりこうして見ると、聡一くん、お父さん似だね。

私は真人が余計なことを言わないか気をつけながら、聡一くん家族のそばに腰を落ち着けた。座るときに、聡一くんのお母さんとやっと軽く会釈できた。

「ありがとう、聡一くん」

「みんなで食べたほうがおいしいって、ママもいつも言ってたもんね」

「そうね」とお母さんがこちらを見ないで頷いた。

真人も私の隣に座った。美衣さんが私たちのお膳は運んでくれる。

お膳にはご飯にお味噌汁、お刺身、ひとり用のお鍋、副菜などがいくつかとデザートのカットフルーツが載せられていた。「旅館の夕食」と言われて誰しもイメージするような内容だ。

お刺身はマグロと真鯛、サーモンとハマチ。さっきの鯛茶漬けの出所《でどころ》はここだったかもしれない。

「お刺身おいしい」と聡一くんがお父さんとお母さんに話しかけていた。

「聡一くん、お刺身好きなの？」

「うん」

小さな口にご飯をちょこちょこと運ぶ姿が小動物っぽい。

「聡一くん、私のお刺身、まだ手をつけてないからよかったら食べる？」

その言葉に聡一くんの顔が、分かりやすくぱっと笑顔になった。でも、人の物をそのままもらうのはやはり気が引けるらしく、お父さんの顔を見た。

「あなたの食べる物がなくなってしまうじゃないですか」

「大丈夫です。お刺身は昼に食べてきたので」

空腹のあまり、先に鯛茶漬けでいただきましたとはさすがに言えない。

私がもう一度勧めると、お父さんが頭を下げた。

「そうですか。じゃあ、ありがたく。聡一、ちゃんとお礼を言いなさい」

「お姉さん、ありがとうございます」

聡一くんのお膳を確認する。量的に多すぎるということはないかもしれないが、

「おい、子供。ほうれん草は苦手か？」

と、真人が雑な言い方で尋ねると、聡一くんが照れたような笑いを浮かべた。

「少し苦手……」

お膳の中でほうれん草のごま和えがまったく手をつけられていない。もし、好きな物をあとにとっておくタイプなら、私の分もあげようと思ったけど、まあ、このくらいの子供だとほうれん草は苦手な子が多いよね。ごま和えって食べ物自体、渋いし。

「ダメだぞ、ちゃんと食わないと勝てないぞ」何と戦うのか。

聡一くんがもう一度お父さんに確かめた。お父さんが苦笑しながら、「ちゃんと食べないとな」と言っている。

「にんじんなら食べられる……」

「でも、ハンバーグについている甘いにんじんだけじゃないか」

お父さんにダメ出しされて、聡一くんが顔だけで泣いている。この子、かわいいな。

横合いから真人が手を伸ばして、聡一くんのお膳からほうれん草のごま和えの小鉢を取り上げた。

「あっ……」と聡一くんが驚いているのを尻目に、真人はさっさと聡一くんのほうれん草のごま和えに箸をつけてしまった。

「ちょっと、真人」

相変わらずこの人は何をやっているのか。

「巫女見習いのおまえが刺身をこの子供にやった。そのせいでこの子供のお膳は一人《いちにん》前《まえ》より多くなってしまった。いくらこの子供が食欲旺盛でも、残してしまうかもしれない。残ってしまったら食べ物がもったいない。巫女見習いの不手際は俺が始末をつけなければいけない。だから俺がもらう」

薄々気づいていたけれど、この人は食べ物に関しては扱いが丁寧だと思う。せめてその半分くらいでも人に対して優しくなれないものか。

いや、でも。

何だかんだと理由をつけて聡一くんの苦手なほうれん草を食べてあげたのだから、少しは優しいところもあるのかもしれない。

こういう性格を何ていうのだったろうか。

そうだ。

こんな人のことは、たぶんこういうのだった。

不器用——と。

京都ひとり旅の二日目。早くも私の旅はひとりではなくなっていた。

よく考えれば、自称「神様見習い」の真人のおかげで京都に着いてすぐにひとりではなかったのだけど、今日は本格的にひとり旅ではなくなった。

伏見稲荷大社からさらに北のほう、これまた京都の観光地としては屈指の有名どころである清水寺《きよみずでら》を、聡一くん家族と一緒に目指していた。

昨日の夕食で何となく私は聡一くんに気に入られたようだった。それで、聡一くんから清水寺へ一緒に行こうとお誘いを受けたのだ。

最初は聡一くんをたしなめていたが、私がひとり旅だと分かると、お父さん——片《かた》桐郁夫《ぎりいくお》さんもお願いしてくる。私とぶつかった聡一くんを叱っていた印象が強かったが、片桐さんは笑顔が素敵ないいお父さんだった。奥さんの成実《なるみ》さんも私の同行を認めてくれたので、こうして清水寺詣《もう》でにご一緒させてもらっているのだった。

「はあはあ。僕、疲れた」

「がんばれ、聡一くん。お姉ちゃんもがんばるから」

清水寺の仁王門に続く参道である清水坂を、聡一くんと手をつないで歩く。午前中だけど、日射しはきつい。

そのうえ、ゆるゆると続く坂道が意外に太ももにくる。清水寺は高校の修学旅行で来た記憶があるが、こんなに坂道きつかったかしら。

「情けない。巫女見習い、普段運動していないだろう。神に仕える身は体力も大事なんだぞ。腕立て腹筋背筋は毎日百回やれ」

なぜかというかやはりというか、私と一緒についてきた真人が手厳しいことを言う。普段運動していないのはそのとおりなだけに何も言い返せない。

それにしても、さすが清水寺である。

観光客、修学旅行生、外国人と、人が多い。

みんな行動的だなと変に感心してしまった。

「ママ、疲れた」と聡一くんがたれ眉をさらに下げる。

「ほら、がんばって。清水寺に行きたいって言ったのは聡一なんだから」

聡一くんが今度はお父さんにすがる。片桐さんは聡一くんを軽く抱き上げたが、もう小学生の子供は重いようで、すぐに地面に降ろしてしまった。

でも、「抱っこされたこと」自体で満足したのか、聡一くんはもう一度がんばることにしたようだ。

「聡一も大きくなった」と、片桐さんが目を細めている。

奥さんの成実さんも、坂の左右にある店を見て気を紛らわせながら、坂と格闘している様子だった。

清水寺の周辺には二寧坂《にねいざか》や産寧坂《さんねいざか》といった坂道が多いのだけど、参拝者はほぼこの清水坂に合流する。

だから、この清水坂が最も道幅も広いし、店も多い。

八つ橋や漬物といった、いかにも古都の京都らしいお店がたくさんある。抹茶菓子のお店が多いのも、宇治《うじ》抹茶が有名だからだろうな。

面白そうなお菓子があると真人は、残らず顔を突っ込んでいた。試食のある店には聡一くんを引っ張っていって一緒につまんでいる。

「お店で作るお菓子のヒント探し？」

「お、少しは俺のことを理解できるようになってきたか、巫女見習い。その調子で精進しろ」

「はいはい。で、あれを作ってみるの？」

「八つ橋に使うニッキを生地に練り込んだシュークリーム、面白いな。おまえが食べたあのまんじゅうもいいんだけど、たまには違うものも作らないとな。舞子さんに怒られてしまう」

・

清水寺はもともと、夢のお告げを受けたお坊さんが結んでいた草庵が起源だという。境内は十三万平方メートルというのだから本当に広い。

この寺を最も有名にしているのが、その大舞台だ。「清水の舞台から飛び降りる」というたとえのあの舞台である。

目の前の錦雲渓《きんうんけい》に向けて立つ高さ十三メートルの清水の舞台は、清水坂よりもさらに観光客が多かった。聡一くんがはぐれないように、片桐さんが手をつなぐ。

観光客に押されるようにして舞台の端までやってきた。

「すごいすごい」と、聡一くんが歓声を上げた。

「うん、すごいね」

京都の町を一望できるその眺めに、私も素直に感動した。

緑と寺の瓦が碁盤の目状にずっと続いている。片桐さん夫婦もじっくり風景を眺めていた。観光客が多いからあまりゆっくりは眺められなかったけど。

真人は腕を組んで難しい顔をしたまま、少し離れたところに立っていた。

清水寺の舞台から出る。本堂外陣の西側にひっそり御安置されている出世大黒天にお参りすると、みんなで音羽《おとわ》の滝に立ち寄った。本堂から東側の階段を降りた左手だ。もともと、清水寺の名前の由来がこの滝の清水《しみず》で、古来から黄金水だとか延命水と呼ばれてきたという。大人になってから改めて旅に来ると、その場所の由来を知るのも面白いと思えるようになるのが、少し楽しい。

音羽の滝は三筋に分かれている。

飲めばそれぞれ、向かって左から学業成就、恋愛成就、延命長寿の御利益があると言われていた。修学旅行のときは周りの目もあったし、迷うことなく学業成就の水をいただいたっけ。

正式な作法は滝の奥に祀《まつ》られている不動明王にお参りしてからお水をいただくようだ。なるほど、学業成就の水の効き目がイマイチだった理由はこれか。

私の二の舞にならないよう、きちんとお参りをして聡一くんには学業成就の水をいただいてもらう。冷たくておいしいと喜んでいた。

片桐さん夫婦は延命長寿の水を飲んでいる。

社会人だから学業成就はちょっと距離があるし、恋愛成就も正直なところいまはそんな気持ちになれない。残るは延命長寿だけど、それもぴんとこなかった。

「巫女見習い、おまえは飲まないのか」

「うん。今回はいいかなって。あなたこそ飲まないの？」

「高貴な存在である神様見習いの俺が、いまさら個人の願掛けするかよ」

お参りを終えて、清水坂を下り、今度は産寧坂を経て二寧坂へ向かった。

来たときと同じように店を眺めながら、ゆるゆると坂を下っていく。

人混みの中を、聡一くんは片桐さんに寄ったり、成実さんに寄ったり、店に寄ったりと自由に楽しんでいる。

だけど、そんな聡一くんたちから目を離さないで、真人が私の横で言った。

「あの夫婦、離婚するのか」

「えっ？　何言ってるの」

内容が内容だし、これまでの真人と比べて随分低く小さい声だったので、思わず聞き返してしまった。

「離婚だよ、リ・コ・ン。婚姻関係に終止符を打つ。おまえ、何も知らないのか、巫女見習い」

「離婚という言葉は知ってるけど、『あの夫婦』ってどういう意味？」

「気づけよ」と真人が例によって不機嫌そうに言った。「あの夫婦、昨日からこれまで、一度も言葉も目線も交わしていない」

「本当なの？」

真人が説明する。――片桐さんと成実さんは、聡一くんとは言葉を交わしている。しかし、夫婦の間のコミュニケーションは、ない。聡一くんがいなければあのふたりは会話すらできないほどの関係に陥っているのではないか、と。

清水寺にある大黒天像をお参りするときにも、やたらと成実さんが真剣に祈っていた。真人の見立てでは、離婚してこれから自分が仕事に出なければいけないから、その仕事の成功を祈っていたようだ。

夫の出世を祈っていたのではないかと反論しようとしたが、真人が首を横に振った。音羽の滝で延命長寿の水を飲むために並んでいたとき、やっぱり夫婦ふたりでは終始無言だったし、お互いに使った柄杓《ひしゃく》には絶対に触れようとしなかったという。

「人間というのは本当に愚かしい。愛しあって、将来を誓って結婚とやらをしたくせに、いつの間にか足りないところばかりあげつらい、離婚とやらで別れていく。別に離婚してもいいけど、少なくとも人間の心というのが信頼に値しないことはこれでよく分かるというもの。まったくもって、未熟な魂の段階に留まっている哀れな生き物だよ。おまえだって、そう思うだろ」

散々な言いようだ。

「世の中、いろんな事情があるのよ」

たとえば家庭内暴力とかもあるだろうし、それ以外にもやむにやまれぬ事情があることもあるだろう。別にすべての離婚が擁護されてしかるべきとは私も思っていない。浮気や不倫による、言い訳のしようのない離婚もある。

そして、私の両親も離婚している——。

私が小学生の頃、両親は離婚した。原因は父親の女性関係だったらしい。

それから私はお母さんとふたり暮らし。お母さんは小さな会社の経理をしながら、私を育ててくれた。仕事と育児の掛け持ちがどれほど大変だったか、まだ独身の私には理解しきれない。

いわゆるシングルマザーのせいで私が周りから馬鹿にされるのではないかと、お母さんは随分心配していたように思う。

だから、お母さんは私の進路には積極的に口を挟んできたのだろう。

高校は公立の進学校で、大学は法学部か経済学部の四大。就職先は上場企業。

そうすれば、母親しかいない家庭と後ろ指をさされやしない、と。

そのがんばりも、いまはぜんぶダメになってしまったのだけど……。

私自身の感傷的な気持ちを、真人の不躾《ぶしつけ》な声が現実に引き戻す。

「事情？　まあ、これであの家族があの旅館に来た訳が分かった。さっさとどうにか解決させてしまおう。そうすれば俺の点数も上がる。おい、どうすればこの問題解決できるんだ。離婚やめさせればいいのか」

「そんな簡単なものじゃないでしょ」

家に帰って「ただいま」と言っても誰も答えてくれない寂しさ。共働きの家ならみんなそうなのだろうけど、これまでの生活が激変した象徴みたいですごくつらかった。

その気持ちがまだ脳裏に根付いているから……本当のことを言えば、私も勘づいていたのだ。片桐さん夫婦の状況に。

『ねえ、ママ、ママ。あっちに家族湯があるんだって』

『そう。いまはいいわ。ちょっとゆっくりさせて』

『パパ、今度の学校があるのは、温泉があるところなんだよね』

『ああ、そうだぞ。休みの日には温泉巡りでもしよう』

『ふーん、そうなの』

昨日の夕食前、大浴場のそばの休憩処での聡一くん家族の会話だ。

家族風呂があるというのに、家族ばらばらの大浴場に入っていたこと。

その家族風呂には両親のどちらも関心を持っていなさそうなこと。

聡一くんの「今度の学校」という言葉。あのときの聡一くんの目線はお母さんに向けられていた。そして、お母さんのあの答え。転校するにしてもその学校の周りを母親が知らないのはおかしい。

お父さんに確かめるふりをしながら、お母さんに新天地の学校の様子を教えていたのだとしたら……。

一度引っかかってしまった違和感はその後の夕食の間も続いていたのだ。

そう思って見てみると、食事中の聡一くんに、驚くほど言葉をかけない母親の姿も気になった。お刺身のやり取りも、お父さんが出てくるだけで母親は何も言わない。まるでもう自分と縁が切れているかのようだった。

だから――私は今日、清水寺に一緒に行こうと言った聡一くんの誘いに乗ったのだ。放っておけなかったのだ。

嘘であって欲しかったのだ。

私の見当違いだという証拠が欲しかったのだ。

いま目の前では、まだ小学生のたれ眉の男の子が、花から花へと飛び回って蜜を集めるミツバチのように、両親の間を動き回っていた。

でも、そこで手に入るのは素敵な花の蜜などではなくて。

むしろ、ちりぢりになっていく家族を、小さなその手で必死につなぎ止めようとしていて――。

あの子は分かっているのだろう。

この旅行が家族最後の時間になるということを。

そして、願っているのだ。

その最後の時間が、せめて楽しい時間であって欲しいと。

にこにこと両親に話しかけるその顔を、私は見ていられないのだった。


二寧坂にある老舗《しにせ》の甘味屋さんで私たちは休憩することにした。

聡一くんが団子が食べたいと言ったので選んだ店だ。

創業当時から追い炊きしているというタレを使ったみたらし団子が看板商品。

出てきたみたらし団子を見て聡一くんが目を丸くした。

「ママ、お団子の形が四角い」

「そうね」

正確には俵形というか、焼き鳥のねぎまのネギのような形で、上から見ると四角く見える。聡一くんが早速ひと口食べてみて、今度はそのおいしさに目を丸くした。

「パパ、おいしい」

「よしよし。いっぱい歩いたから、いっぱい食べるんだぞ」

特製のタレは甘辛で、それでいてしつこくない。

食感も、もちもちしているのに、飲み込むときにはするりと喉を通っていく。

団子の焼き目も香ばしくて、普段食べている団子とは何もかも違っていた。

真人も、匂いを嗅いだり、ふんふんと頷きながらゆっくり味わって食べている。

「おいしいね」と聡一くんが私にも笑顔を向けてくれた。

「うん。おいしいね」

私はバッグから折り紙を取り出した。この店のそばの土産物屋で急いで買った、きれいな模様の入った少し小さめの折り紙だ。

聡一くんが早速覗き込んでくる。

「きれいな折り紙だね」

「折り紙好き？」

「あのね、カメラとか折るの好き」

聡一くんにも一枚折り紙をあげる。聡一くんはいつもよりやや小さめの紙に悪戦苦闘している。

私は赤い地に小さな鞠《まり》がたくさん書かれた折り紙で鶴を折った。

「はい、聡一くん、折り鶴」

「すごい。お姉ちゃん、上手」

赤い折り鶴を手に聡一くんがうれしそうに両親を振り返る。

その聡一くんの眼差しを、笑顔を受けても、両親たちは聡一くんに軽く微笑むだけだった。

お団子を食べ終わった片桐さんがタバコを吸いに喫煙所へ行った。聡一くんが折り紙に夢中なのを見て、成実さんのほうもお化粧直しに立つ。

両親たちふたりがいなくなって、それでもいい子に折り紙をしている聡一くんを見ていたら、気持ちが溢《あふ》れてきて、私はいつの間にか聡一くんに話しかけていた。

「聡一くん、私ね、お母さんとふたり暮らしなんだ」

自分でも予想していない内容。でも、止まらない……。

「お姉ちゃんのお父さんは？」

「私のお父さんはね、家から出ていったの。いろいろあったんだっていまでは思う。小さい頃は分かんなかったけどね」

こんな話したって、聡一くんにはそれこそ分からないことは私だって想像つく。

「………」

聡一くんが折り鶴と私の顔を何度も見ている。

折り鶴を作りながら、続けた。

「お父さんに会いたいときもあったよ。でも、お母さんは女手ひとつで私を一生懸命育ててくれたから、お母さんの前ではそんなこと言わなかった。でも、一度だけ成人式の晴れ着を着たときに、何でだろうね、どうしても会いたいなあって、思って」

試着で合わせた晴れ着の赤が、いま折っている鶴の赤とだぶって見えた。

「そうしたら、お父さんから私宛に手紙が届いたの。小さな封筒で、私への宛名だけあって、差出人は書いてなかったけど、きっとお父さんからだってすぐに分かった」

お母さんが先に見つけなくて本当によかったと思う。

「どんな手紙だったの？」と聡一くんが折り鶴をいじりながら尋ねた。

「手紙は入ってなかったんだ。入っていたのは、お父さんによく折ってもらった折り鶴が二羽」

それを見たとき、「えー、これだけ？」って混乱したっけ――。

「でも、羽の所にね、『成人おめでとう』って書いてあったの」

「…………」

「だからね、聡一くん」折り上がった二羽目の鶴を聡一くんに渡して、その小さな手を握りしめた。「お父さんもお母さんも、本当にあなたのことが大好きなんだよ。何があっても、どんなふうになっても、子供のことを本当は気にしていてくれる。愛してくれている。お姉ちゃんはそう信じてるよ」

自分で言っていてもまとまってないことは分かっている。何を言っているかもよく分からない。

でも。

聡一くんの優しいたれ眉の目に、透明な液体が膨らんでいった。

「…………っ」

声もなく、しゃくり上げることもなく、目もとをしきりにこすり続ける。

聡一くんが泣いていた。

声のひとつも立てないその泣き方は、聡一くんの元々の泣き方なのだろうか。

それとも両親の離婚を知ってから身につけてしまったものだろうか。

タバコから戻ってきた片桐さんが、泣き出した聡一くんを見つけた。

「どうした、聡一。何かあったのか」

片桐さんが急に大きな声を出した。他のお客さんの視線が集まる。

聡一くんは目をこすりながら無言で首を横に振り、私も何も言えなくなった。

真人は全然違うところを見ながら、みたらし団子を食べていた。

宿に戻って小宴会場に聡一くん一家が来ると、真人がつかつかと近づいていった。

昼間のいまである。真人が呼び出したそうだが、よく来てくれたと思う。真人は神《じん》通力《つうりき》を使ったとか言ってたけど、本当かしら。

ご両親は胡乱《うろん》げに一瞥《いちべつ》しただけだった。

私がとにかく謝らなければと思ったときだ。

突然、真人があくび混じりで口を開いた。

「腹減ったよな」

聡一くんたち三人が目を丸くした。私もびっくりして真人のそばに駆け寄った。

「ま、真人、何言ってるの」

「この馬鹿巫女見習いが子供を泣かせたから空気が悪くなって、昼飯も食べずに帰ってきちゃったからさ」

「な……！」

何てこと言ってくれるの——‼　たしかに私が泣かせちゃったけど！　あとで謝らなきゃとは思ってたけど！

さすがに片桐さんご夫婦の目が険しくなった。

あの団子屋さんで聡一くんが泣いてしまってから、雰囲気が悪くなってしまった。

結局、お昼ご飯も食べずに「平安旅館」に戻ってきてしまったのだ。

せっかくの、そしておそらくは最後の家族旅行を、私は台なしにしてしまった。

自責の念で潰れそうだった。

「ほら、おまえ謝れ」

真人が強引に私の頭を下げさせた。

でも、謝りたかったのだ。

「本当にごめんなさい」

「いいよ」と小さな声がした。聡一くんだった。

その声のはかなさに、私の涙腺が緩みかけたとき、真人が勢いよく声を上げて笑った。

「ははは。ありがとうよ。お詫《わ》びとして、特製のうまいものを作ってきたぞ」

「え？」うまいもの、という言葉に聡一くんが敏感に反応した。

聡一くんが許しても両親のほうはまだ言いたいこともあるだろうに、真人がずんずんと無視して話を進めていく。

「旅館では普通、昼ご飯は出さない。だから、ちょっとしたまかない飯なんだけど、俺が作った」

その言葉が合図になったように、厨房のほうから美衣さんがお膳を持ってくる。

小宴会場でご飯を食べるのは二回目だったが、今回は前回とは匂いからして違っていた。

「おいしそう」と聡一くんが笑顔になった。

「俺の特製、まかないハンバーグだ」

並べられたお膳には、デミグラスソースのたっぷりかかったハンバーグが鉄板の上でじゅうじゅうと音を立てていた。

「ハンバーグ、大好き」

と、聡一くんが喜んでいる。

「真人、これ」いつの間に準備したのかと聞こうとしたが、真人は違うふうに受け取ったようだ。

「子供が泣いたときは、うまいものを食わせてあげればいいんだよ。合挽《あいびき》がなかったから、余ってる肉を適当に俺がミンチにした。すき焼きとかで出せる肉を挽肉にしたんだし、何より俺が作ったのだから味はいいぞ」

「はあ……」

「気にするな。巫女見習いの失敗の尻拭いも神様見習いの役目だ。何てつらい役目を、俺は自分に課しているんだろうな。俺の慈悲深さに感謝するといい。俺たちも昼飯食ってないから、一緒に食おうぜ」微妙に一言多いんだよね、この人は。

目の前においしそうな御馳走《ごちそう》を並べられた聡一くんがそわそわしていた。

真人がにっこり笑った。

「食っていいぞ」

「いただきますっ」

きちんと手を合わせて、聡一くんがナイフとフォークを手に取った。

熱い鉄板の上でハンバーグがまだ音を立てている。

デミグラスソースが鉄板で焦げていい匂いをさせていた。

大きなハンバーグにナイフを入れると肉汁が溢れる。

切り口にデミグラスソースと肉汁を塗りつけてひと口食べた。

「熱いっ」と聡一くんが舌を火傷《やけど》している。「でも、おいしいっ」

塩コショウや香辛料のバランスがとてもいい。挽肉は真人が自分で挽《ひ》いたせいかやや粗挽きだったが、よく練られていて、肉の旨味が強く引き出されていた。

ハンバーグだけでも素晴らしいのに、さらにライスと一緒に食べたときのおいしさ。

ライスの上にハンバーグを一切れ載せれば、白いご飯にデミグラスソースと肉汁がしみていく。

それをハンバーグとともに口に入れたときの満足感は、いままで食べたどのハンバーグよりも圧倒的だった。

「おいしいね」と私が聡一くんに声をかけたけど、聡一くんは返事を返してくれなかった。やっぱりまだ怒っているよね……。

おいしいものを食べると人間は笑顔になるが、あまりにもおいしいものを食べると人間は思考が止まるのかも知れない。

それまで頑《かたく》なに目を合わせていなかった片桐さんたちに、変化があった。

「これ」

「うん――」

真人のハンバーグを食べた片桐さん夫婦が、思わずお互いの顔を見たのだ。

付け合わせはポテトフライとニンジングラッセ、ほうれん草のソテー。これらも真人の手作りみたいだ。

ポテトはソースと肉汁を含んでまた別の旨味を見せてくれる。

ニンジングラッセはにんじん本来の甘味や優しい香りでとろけるようだ。

そして、ほうれん草のソテー。

聡一くんの手が止まったのを真人が見逃さなかった。

「デミグラスソースをつけて食ってみろ。うまいぞ」

「でも、苦いから……」

「苦いように思えても、うまいものを一緒につけたら食べられるもんさ」

見た目だけはやたらとかっこいい真人がそう言うと、聡一くんはのろのろとほうれん草にデミグラスソースをつけて少しフォークでとってみる。

私も応援しようとしたけど、聡一くんはこっちを向いてくれない。

片桐さんが聡一くんに言葉をかけた。

「食べてご覧」

成実さんも聡一くんに言った。

「おいしいよ」

聡一くんは意を決したようにほうれん草を、口に入れた。少しだけ。

何度か噛んで、ライスも口に入れて、ハンバーグも口に入れた。

よく噛んで飲み込んだ聡一くんが、にっこりとしてお父さんとお母さんに言った。

「おいしい」

その言葉を聞いて、片桐さん夫婦の顔に笑みが宿る。

「よしよし」

「偉かったわよ、聡一」

褒められてうれしい聡一くんが、残っている料理を食べる。

その様子を見ながら、片桐さんが独り言のように告げた。

「聡一がまだ二歳くらいのときに行ったハンバーグのお店も、うまかったな」

成実さんも誰にともなく言う。

「あのときはまだ少ししか食べられなかった聡一が、大きくなったわね」

ハンバーグを頬張った聡一くんが、不思議そうに両親を見上げる。

「それ、どこのお店?」

「ああ、聡一が大きくなってからは行ってないもんな」

「仕事仕事だったものね」

片桐さんたちもハンバーグを改めて口に運ぶ。じっくり噛みしめながら、笑顔で話し始めた。

「これに比べると、大学の学食のハンバーグはまずかったなあ」

「そうね。固くて、ぬるくて。ソースも何だかよく分からなかったし」

「昔の国立大学だからなんだろうな。でも、こうして年を取っても思い出すってことは、やっぱり心には残ってるんだよな」

「ふふふ。最初のデートで食べた料理だったしね」

片桐さんと成実さんがお互いの顔を見て照れたように笑っている。

「お金もなかったし、店も全然知らなかったし」

「でも、私は満足だったわよ」

聡一くんがほうれん草をまた食べていた。さっきよりちょっと多めに。

まだおっかなびっくり食べるほうれん草のように、片桐さんと成実さんがぎこちなくぽつぽつと言葉を交わしている。

ときどき、笑いながら。

「聡一」と真人が呼びかけた。

「何？」

「ほうれん草、もう大丈夫だな」

「デミグラスソースがあれば、苦くないから食べられるよ」

「よし。でもな、大人になったらその苦みがおいしいと思えるようになるんだ」

聡一くんが目を丸くしていた。

「そうなの？」

「ああ。それが大人になるってことなんだ」

聡一くん親子が笑顔で一緒においしいものを食べている。

もう、私や真人が話すことはなかった。


遅すぎるお昼ご飯を食べ終えた片桐さん一家は、何度も頭を下げて小宴会場から出ていった。

食べ終えたお膳をまとめて美衣さんに後片づけをお願いすると、私は大きくため息をつく。

「どうした、巫女見習い。まだ食い足りなかったか」

「違う」

「じゃあ、どうした。デザートが欲しいのか」

真人が何の悪意もない顔で私を見ている。純粋に食事の量が足りなかったのではないかと心配されるのも悲しい……。

「そうじゃなくて。私、聡一くんを泣かせちゃっただけだった。それにしても、聡一くんがハンバーグが大好物だってよく分かったわね」

「まあな、俺は見習いとはいえ、神様だからな」

うそぶいた真人を見て、美衣さんがくすくす笑っている。

「どうかしました？」

「いえ、ちょっとおかしくって」

「余計なこと言ったら神罰を下すぞ」と真人が物騒なことを言った。

「はいはい。ふふふ」

どうやら聡一くんのハンバーグ好きを見抜いたのは何か理由があるらしい。

真人が噛みつきそうな顔をしているのでその場では聞けなかったけど、あとで美衣さんがこっそり教えてくれた。

――美衣さんはじめ、仲居さんに何人にもお願いして昨夜のうちに聡一くんの好みを聞き出したのだそうだ。さらに、夕食と朝食の食べ残しも厨房にこっそりチェックしに行ったりしたのだという。点数のためだとぶつぶつ言いながら。不器用な神様見習いだ。

美衣さんを追い出し、真人が不機嫌な顔で呟いた。

「それにしても人間というのは本当にあやふやな心の生き物だ。食べ物ひとつでころころと変わる」

「でも、今回はいいほうに変わったんだからいいじゃない」

真人が私を不思議そうに覗き込んで、そのあとそっぽを向いて早口で言った。

「おまえだって、自分の過去をつらくても引き合いに出して、励ましてやったんだ。きっとあの子には届いてるさ」

真人、まさか私を慰めてくれた？　信じられないものを聞いた気がした。

少しだけ泣きそうになった。

でも、翌日、私は違う意味で泣きそうになった。

朝早く、それこそ朝食もとらないで、聡一くん家族が「平安旅館」を引き払って出ていってしまったのだ。

しかも、これまでと同じ、夫婦はよそよそしく、聡一くんだけが両親に話しかけながらだったと――。

私はお別れの挨拶もできなかった。


朝ご飯に、あのたれ眉の聡一くんの一生懸命食べる姿が見られなくて心配していたら、舞子さんがそう教えてくれたのだった。

舞子さんはそのあと私を玄関ロビーに誘った。お茶とおまんじゅうをいただきながら、私はぽつりぽつりと自分の「過去」を話した。

「小学生の頃に私も両親が離婚して、とてもつらかったんです。でも、つらかったからこそ、お母さんを心配させたくなくて、そんなことは言わないでいました。聡一くんの姿を見てたら、昔の自分と同じ気持ちなんじゃないかって思えて。何かしてあげたくて」

舞子さんがきれいな姿勢でお茶を口にする。

「それで、一緒に清水寺行ったり、折り紙折ったりしたんやね。彩夢さんにも誰か助けてくれた人はいはったんです?」

その言葉に、私はふとあることを思い出した。

「そういえば……」

お父さんやお母さんには絶対に泣いてるところを見せないようにしていたけど、ひとりのときにとにかく悲しくて。

不安で、怖くて、一度泣き出したら止まらなくなってしまったのだ。

そのときに、どこかの男の子が、私におにぎりをくれたんだ。

『食えよ』

その子がくれた小さめのおにぎりには、鮭が入っていた。

涙と一緒に食べたあの味。

どこで食べたかも覚えていないけど、あのおにぎりの味は覚えている。

私の話が一区切りしたところで、舞子さんが教えてくれた。

「あの親子、市内のいいホテルがとれたそうや」

「そうですか」

舞子さんが上品に笑った。

「うふふ。お忘れです？　『平安旅館』は『訳あり』のお客様がたくさんお越しになる場所。この旅館から出て他のホテルに行けたっちゅうことは、あの親子の抱えていた何かが救われたということなんや」

「ほんとですか」

美衣さんの話では今日はまた冷え切った夫婦関係になっていたらしいのに？

「心の重荷は大人だけが背負ってるものやありまへん」

「え？」

私が舞子さんに聞き返そうとしたとき、向こうから美衣さんがやってきて、私に声をかけた。

「ああ、彩夢さん。こちらにいたんですね。私、お預かりしてたものがあって、彩夢さんにお渡ししないといけないと思ってたんです」

「私に？」

「ええ。今朝《けさ》お帰りになった片桐様ご一家の坊ちゃんから、彩夢さんにって」

美衣さんが前掛けのポケットから何かを取り出して、私の手に渡した。

それは、二寧坂の甘味処で私が作ってあげた二羽の折り鶴。

せっかくあげた折り鶴まで羽を閉じて突き返されちゃったのか。私、やっぱり嫌われちゃったんだなと目の前がぼやけかけたけど、私が折った鶴と色が違っていた。

私があげた折り鶴は小さな鞠の絵柄の入ったものだったけど、いま渡された折り鶴は無地の折り紙だ。

それに、折り方も不器用で上手とは言い難《がた》い。

その理由はすぐに気づいた。

これは、聡一くんが自分で折ったものなのだ。

「聡一くんは、その子は、何か言ってましたか」

「ええ。『お手紙だ』って言ってました」

「手紙？」

折り鶴を裏返したり見ていたが、ふと、羽根を開いてみると、そこにぎこちない鉛筆の字が書いてあった。

《お兄さん、ハンバーグおいしかった》

《お姉さん、心ぱいしてくれてありがとう。ぼくはだいじょうぶです》

気がつけば、折り鶴にぽとりと透明なものが落ちる。

聡一くんが書いてくれた手紙の文字は、もう涙で読めなかった。

第二話　恋と先輩と自家製スモーク

聡一くん親子が宿を引き払った次の日、私は京都の観光地を散策していた。

正確には私ひとりではなく、真人も一緒。というより、真人が観光地を散策したいから付きあえと言ってきたのだ。

断りたかったけれども、聡一くんのハンバーグの借りがある。それに私だって、人並みに観光したい気持ちはあった。

できればひとりでのんびり散策したかったけれども、真人ひとりくらいならいいだろう。そのくらいの軽い気持ちで観光地巡りをしたのだが……。

「おい、巫女見習い！　あそこの店のアイス、食おうぜ」

「なあ、巫女見習い！　昼飯にうまい店を案内しろ。支払いは、おまえな」

「何で人間どもは『おみくじ』とやらが好きなんだ？　ここの『おみくじ』はどの神様も指導していないから当たらないぞ。巫女見習い、下等な人間どもに教えてやれ」

とにかくうるさい。そして、いい加減、名前で呼んで欲しいと思う。

アイスを食べたいのは、まあいいとしよう。私もおいしいアイスは食べたいし。

しかし、昼食においしい店に連れていけと言われても、私だって分からない。スマートフォンで検索かけるくらいしか探しようがない。

おみくじについて言えば、「ここのおみくじは当たらないそうです」なんて、どうして言えるだろうか。

観光客が多いほど真人が大騒ぎし始めるので、へとへとになってしまった。

それに京都は広い。

たとえば「金閣寺《きんかくじ》と銀閣寺《ぎんかくじ》」なんて簡単に言ってしまうが、かなり離れていて気軽に行ける距離ではない。真人は両方連れていけと文句を言っていたけど、遠いものは遠いのだ。私の運動不足のせいではない。

それに有名な寺社であれば敷地も広くて、門をくぐったもののお目当ての建物までさらに歩かなければいけないこともある。まるで有名テーマパーク並みに、くねくねと参拝者が列をなしているところもあるくらいだ。

南禅寺《なんぜんじ》、平安神宮《へいあんじんぐう》から、さらにその周辺のお寺を回りながら銀閣寺へ行く。

今日の観光で個人的に一番ヒットしたのは銀閣寺だった。

応仁の乱の後に室町《むろまち》幕府八代将軍の足利義政《あしかがよしまさ》が隠居用の山荘として創建したものといわれている。東山《ひがしやま》文化の代表建築だ。

十年続いた応仁の乱での京都の荒廃、それも、わび・さびの簡素な東山文化に影響したと言われている。真人からは、「おまえ、地味好みなんだな。そんな暗いとすぐに老けるぞ」とツッコまれたが、かまわない。禅寺の渋い感じみたいなのが心に沁みたのだ。

銀閣寺は金閣に対抗しようとして全面銀箔《ぎんぱく》張りにしようとがんばったけど、お金が足りなくて断念したとか授業で習ったことがある。建てた足利義政には痛恨事だったかもしれないけど、私はこっちのほうが味わい深くていいと思う。

銀閣寺から金閣寺には歩いて行けないと何とか真人を説得して、その後、私たちは南へ下っていった。ガイドブックを見たら、哲学の道があったからだ。

「北に行けば下鴨《しもがも》神社だけど、こっちはただの道だぞ。いいのか」

「こっちがいいの」

京都大学の有名な哲学者だった西田幾多郎《にしだきたろう》という方が、思索に耽《ふけ》りながら歩いた道。日本の道百選にも選ばれているそうだ。銀閣寺から熊野若王子《くまのにゃくおうじ》神社までの疏水《そすい》べりの小道は長さ約二キロ。ガイドブックの写真のような緑に覆われた美しい道もあれば、ごく普通の道もある。どこかの飼い猫がのんびり日なたぼっこしていた。

真人は、「やっぱりただの道じゃないか」と言いながら、つまらなそうにしていたけど。

哲学の道沿いには面白いお店もいくつもある。有名な京都のコスメブランドの「よーじや」が手掛けるカフェもあって、お茶はしなかったが有名なあぶらとり紙を多めに買った。

熊野若王子神社から少し歩いたところにはおいしいカレーうどんの店もある。

真人が食べたがったので、お昼はそのうどん屋さんへ。出汁の風味が香るカレーうどんを注文した。

「うん。おいしい」

牛肉の旨味が溶け込んだカレーうどんは人気メニューのようで、お店は混んでいる。

黙ってうどんをすすっていた真人が、珍しく首をかしげながら私に聞いてきた。

「おい、巫女見習い。うまいものを食べているはずなのに元気ないな」

「そう？　カレーうどんが跳ねないように静かに食べてるからじゃない？　あと、哲学の道で私も哲学的な気分に浸ってたし」

「嘘をつけ。おまえに哲学などという高尚なものができるわけがない」

真人が相変わらず失礼なことを言う。まあ、たしかに哲学分からないけどさ。

哲学の道を歩いていたら、京都大学に行ったある先輩のことを思い出したのだ。

その人は、藤尾雅俊《ふじおまさとし》先輩――。

高校時代に、たまたま、文化祭実行委員会で知りあっただけで、一緒にいた時間は本当にごくわずか。私が二年で藤尾先輩が三年だった。最初の出会いの年がもう先輩の引退の年で、私は一年の頃から文化祭実行委員にならなかったことを内心後悔したものだ。

背が高くて、頭がよくて、格好よくて、私たち後輩を丁寧に指導してくれた。

いまだから言えるが、あの頃の私は藤尾先輩にちょっとだけ憧れていたのだ。

私が通っていた高校は進学校だったけど、京都大学にストレートに入学できたのは藤尾先輩の代ではただひとりだった。

私よりひとつ年上だから当然社会人になっているはず。

今頃どこでどうしているかな。

もし、高校時代に告白していたらどうなっていただろう。

あるいは、私が猛勉強して京都大学に入学していたら、運命の再会みたいなものがあったりしたのだろうか。

そんなことを哲学の道を歩きながら、思索をしているふりをしてあれこれ考えていたのだ。

まさかその妄想にも似た空想が、思わぬ方向へ転がり出すとは、このときの私はまだ気づいていなかった。


「平安旅館」に戻った私は、美衣さんを探した。いま哲学の道で買ってきた「よーじや」のあぶらとり紙を美衣さんにもプレゼントしたかったからだ。忙しく立ち回っていれば汗もかくだろうから、あのあぶらとり紙はすごく重宝するはずだ。

受付に番頭の佐多さんが立っていたので事情を話すと、美衣さんをわざわざ呼び出してくれた。

「彩夢さん、お呼びですか」

「美衣さん、お仕事中にごめんなさい。これ、よかったら使って。あぶらとり紙」

鏡を覗く女の人の顔が筆で書かれたようなパッケージに、美衣さんが驚いている。

「え、わざわざ私にですか」

「うん。いろいろとお世話になってるし」

客の側がお世話になっているというのも変な感じだけど、渡したくなったのだから仕方がない。

隣で佐多さんが深々と頭を下げた。

「わざわざうちの仲居に……。本当にありがとうございます」

「女将さんにも少しお裾分けさせていただきますね」

「どうぞどうぞ」

そう言うかもしれないなと思って、ちょっと多めに買っておいてよかった。

「哲学の道に行ったんですか。あそこのカフェ、おいしいですよ」

「そうなんだ。今日はお昼ご飯どきだったからお茶しなかったけど、今度行ってみるね」

「おい、巫女見習い、そのときは俺もちゃんと連れていけよ。甘味の研究だ」

真人、いたのか。ひとりでのんびり行きたい気持ちもあるけど、真人が甘味を食べて新しいものを作るようになれば旅館の評判も上がるだろうし。今日のカレーうどんも、仲居さんたちのまかないで作ってみようって言ってたから。

「わかったわよ。……あれ、でも、何でひとりで出かけないの？」

「巫女見習いがいるんだから、俺と行動をともにするのは当たり前だろ」

どや顔の真人。何なのだ、そのルール。とても面倒なんですけど。

佐多さんや美衣さんがこいつをびしっと叱ってくれたら、改心するだろうか。でも、女将さんぐらいじゃないと言うこと聞かなそう……。

そんなことを考えていたとき、旅館に誰かが入ってきた。

「いらっしゃいませ」

佐多さんと美衣さんが異口同音に挨拶し、玄関先へお客様を迎えに出る。

男性ひとりのお客さんだった。

すらりと背が高く、知的な雰囲気。着慣れた服装で荷物はリュックひとつという身軽さだけど、かえっていま入ってきた男性の清潔感のある魅力を引き出していた。

それよりも何よりも、私は男性の顔に見覚えがあった。

「おひとりですか」

「はい。予約してないんですけど、空いていますか」

男性の声を聞いて確信する。

嘘でしょ……。

哲学の道を歩いて思い出に浸っていたばっかりだったのに。

時間が急に巻き戻ったような感じがした。

文化祭の準備で遅くまで高校に残っていたあの日々が、空気が甦る。

「藤尾先輩……？」

名を呼ばれて、リュックを背負った男性——藤尾先輩が私のほうに振り返る。

一瞬浮かんだ疑問符は、すぐに笑顔に変わった。

「あれ、ひょっとして天河さん？」

笑うと目がなくなってしまうような優しい笑顔。先輩、全然変わっていない。

「はい。文化祭実行委員会でお世話になった天河彩夢です」

「うわっ、まじ？　久しぶり！　いまどこにいるの？　よく僕のこと覚えていたね。っていうかこういう偶然ってあるんだね。天河さんもここに泊まってるの？」

藤尾先輩は高校時代そのままの爽やかな笑顔だった。

「はい。東京から旅行で来たんですけど、すごくいい隠れ家お宿ですよ」

「僕も大学時代は京都にいたのに全然知らなかったよ」

「オススメですよ」

私が「平安旅館」のPR《ピーアール》をしていたら、佐多さんが尋ねてきた。

「彩夢さんのお知り合いですか」

「はい。高校時代の先輩なんです。佐多さん、部屋、空いてますよね？」

「ええ……空いておりますが」

なぜか佐多さんは真人のほうに目を向けた。

真人が小さく肩をすくめると、佐多さんは改めて藤尾先輩に振り返った。

「それでは、おひとり様で承ります。ご宿泊の手続きをさせていただきますので、こちらへどうぞ」

「ありがとうございます。じゃ、天河さん、また」

「はいっ」

靴を脱ぎ、スリッパに履き替えて受付へ行く藤尾先輩を見送っていたら、真人が不機嫌そうな声をぶつけてきた。

「普通、予約なしのひとり旅って警戒されるんだよ」

「そうなの？　私も予約なしでひとり宿泊だけど」

「おまえの場合は俺が声をかけたから別にいいんだ」

「ふーん。でも何で警戒されるの？」

真人が藤尾先輩の様子を見ながら声を小さくした。

「なっ」思わず大きな声が出て、慌てて口を押さえた。藤尾先輩は書類に集中しているので背を向けたままだった。「あなた、何てこと言うのよ」

「本当のことなんだから仕方がない」

「先輩が自殺を考えてる、なんて言うんじゃないでしょうね」

「佐多さんはそれを心配したんだよ。でも、俺の見たところ、その心配はない」

「そりゃそうよ。あんなに元気そうなんだから」

真人の言葉に反論しながらも、心の中ではほっとした。

「あの男、おまえの知り合いなんだよな？」

「そうよ。高校時代の先輩」

「コウコウジダイというのはよく分からんが、おまえの知り合いとは。かわいそうに」

「何てこと言うのよ！」

藤尾先輩は美衣さんの案内で、お茶とおまんじゅうを振る舞われている。

この「平安旅館」が、訳ありのお客さんがたくさんやってくる場所だということの意味を、このあと心底思い知らされることになるのだった。

真人というるさい人を連れての京都散策の汗を大浴場の温泉で流し、備え付けの浴衣に袖を通した。さっぱりして休憩処で一休みする。そろそろ夕方になろうとしている時間の風が心地よい。

桜の花びらが風に舞っていた。

もうすぐ夕食の時間だ。

夕食は大宴会場にみんな集合するのがこの旅館のしきたり。つまり、もうすぐ藤尾先輩と顔を合わせることになる。

別に何かを期待しているわけでもないのだけど、緊張する。

お風呂上がりの姿を先輩に見られるのも何か気恥ずかしかったのだけど、汗まみれの顔をさらすのはもっと恥ずかしい、ということでお風呂を使ったのだ。

手鏡で前髪を直す。すっぴんではもちろんない。けど、風呂上がりなのに不自然に思われるほどばっちりメイクでもない。

スマートフォンで時間を確かめる。そろそろ大宴会場へ行く時間だ。

自分の頬を両手で軽く叩いた。

「よしっ」

聡一くん一家がいなくなって大宴会場はがらんとするかと思ったけど、どうやら別の家族連れのお客さんが二組くらい入ったみたいだ。ぱっと見では普通に明るい家族のようだけど、やっぱり何か事情があるのだろうかと思わず心配してしまう。

中を見回して、藤尾先輩の席を確かめた。

藤尾先輩も温泉に入ったのか、洗い髪で浴衣を着ている。休憩処とかでニアミスしなくてよかった。

その先輩は手酌で日本酒を飲んでいる。

「昼間の男のところに行くのか」

どこから現れたのか、背後から真人が声をかけてきて、飛び上がりそうになった。

真人は手に小鉢を持っていた。

「急に声かけないでよ。びっくりするじゃない」

私の抗議を無視して、真人が尋ねる。

「もう一度聞くが、あいつ、おまえの知り合いなんだよな」

「そう言ったじゃない」随分しつこい。

「じゃあ、俺も挨拶してやる」

「えー」はっきり言ってやめて欲しい。

だけど、この人が私のそんな願いに気づくわけもなく。

「隣、空いてるよな」

言い方！　初対面の人への言い方！

「ええ、どうぞ」

先輩は優しい物腰だ。先輩の優しさにほっこりする。

そうそう、高校時代もこんな感じだった。

「巫女見習い、こっち来い」

……先輩の前でその言い方はやめて欲しかった。

「巫女見習い？　天河さん、神社に就職したの？」

「あー、いやー……」

返答に困っていたら、真人が手にしていた小鉢を藤尾先輩に突き出す。

「これは……？」

「俺が作ったまかないのつまみだ。おまえにやる。うまいぞ」

小鉢の中は炙《あぶ》った明太子《めんたいこ》が入ってた。焦げ目が食欲をそそる。

日本酒で少し頬が赤くなった先輩が照れ笑いを浮かべた。

「ありがとうございます。じゃ、遠慮なく」

藤尾先輩が小鉢を受け取るために左手を伸ばした。

そのときだった。

私は見てしまった。

左手の薬指に銀色に光る指輪があることに……。

思わず笑顔が引きつる。

「先輩、それ……」

「うん?」

「あ、いや、何でもないです」

先輩、もう結婚しているのか……。

ちょっとだけショックだった。

でも、それだったら何でひとり旅なんだろう。

聞きたいけど、何か聞きたくない。

だから、強引に話題を振った。

「……そういえば先輩、覚えてますか？　文化祭実行委員のとき、誰よりも遅くまで仕事してましたよね」

「そんなこともあったね。文化祭は秋にやるから、日に日に暗くなるのが早くて」

「先輩、暗いのが怖いって、ときどき私たちも付きあわされました」

「ごめんごめん」

「あと、疲れたって言って、夜七時くらいにいきなりコピー機のそばに横になったときは、ヤバいと思いました」

私が早口で思い出話をまくし立てていたら、真人が無神経に口を挟んだ。

「あんたの左手の薬指、結婚指輪っていうんだよな。結婚してるのか。だったら何でひとりなんだ」

「真人、あなた、急に何言ってるの?」

「何が」

「何がって、失礼でしょ、今日会ったばかりの人に」

「今日も明日もあるものか。おまえだってこの指輪に目が釘づけじゃないか」

お酒に酔ったのか、先輩はこんな失礼なやり取りを笑って許してくれた。

「ははは。この指輪ですか。天河さんも気になる?」

「私は――」

と、言いよどんだ横で、「ああ」と真人がぶっきらぼうに頷く。

藤尾先輩はお猪口《ちょこ》に残っていたお酒をあおって、大きく息をついた。

「大学時代から付きあっていた女の子と将来を約束していたんだけどね……死んじゃったんだ」

「えっ」

先輩、婚約者を亡くされたの――?

急に先輩の姿が遠くなったような気がした。

彼氏に振られて京都に旅行に来た私と、ものすごく距離がある。

同じひとり旅なのに、背負っているものが全然違う。

もし、私が先輩の立場だったらどうだろう。

結婚の約束までした人に死なれてしまったら。

その想いを抱えての旅って、想像もつかない。

私がどんな言葉をかけたらいいかと考えている間に、真人がふんと鼻を鳴らした。

「死んでしまったのでは成仏を祈るくらいだな」

真人が随分なことを言って、席を立った。先輩は自嘲するような表情で、再び日本酒を口に含んでいる。

そろそろお膳が運ばれてくる頃だ。

その間をぬって真人が、大宴会場を出ていこうとしていた。

「ちょ、ちょっと」

真人の奴、声をかけているのに無視している。

藤尾先輩に会釈して、真人のあとを追った。

「真人！」

「あ？　巫女見習いか。どうした。おまえも明太子の炙ったの欲しいのか」

「そうじゃなくて。藤尾先輩を放ってどこ行くのよ」

お膳を運んでくる仲居さんたちの邪魔にならないように、廊下の隅に真人を引っ張っていく。

「放ってって……放っておくしかないだろ。死んじゃったんだから」

「そうかもしれないけど！　あの言い方はないでしょ。真人は神様見習いなんだから、普通の人よりすごいんじゃなかったの？」

「すごいという曖昧な概念が何を指しているのか分からないが、おまえたちより遥《はる》かに優れた魂の境遇にあることはたしかだ」

「じゃあ、先輩のこと、助けてあげてよ。何かかわいそうで見てられない」

「助けてあげてって、具体的には？」

真人が怖いほど真剣に私を見返していた。

「具体的って……」

「願い事はあくまでも具体的にしないと叶わないぞ」

「そ、それじゃ、亡くなったその恋人の霊に会《あ》わせてあげるとか……」

そう言うと、神様見習いのイケメンは大仰にため息をついた。

「おまえさ、気軽に言うけど、そもそも『霊』って信じてるの？」

「………」

そういう世界とはご縁なく生きてきた。だからこそ、巫女見習いなんて言われて混乱しているのに。

真人がもう一度、これ見よがしにため息をついた。

「霊なんて信じてないくせに、恋愛がらみになったら急に、『死んだ恋人が会いに来てくれる』だの『来世でもまた恋人同士だ』だの言い出す奴が多すぎるんだよ。人間っていうのはどれだけわがままなんだ」

「……じゃあ、教えて」

「は？」

「じゃあ、教えてよ。人間は死んだらどうなるのよ」

私が食らいつくと、真人がちょっと意外そうな顔をした。

「へえ。さすが巫女見習いだ」

「早く教えて」

「――人は死んだら魂になる。あの世でも霊界でも常世《とこよ》でも何でもいいけど、要するに死後の世界へ行く。これも呼び名はどうでもいいけど、生前の思いと行ないによって天国に行くか地獄に行くかが分かれる。天国へ還《かえ》った人は、そこで数十年から数百年を過ごして、新しい経験を積むために赤ん坊としてまた地上に生まれ変わる」

「地獄へ行っちゃった人はどうなっちゃうの？」

「自分の生前の間違いをきちんと反省すれば、天国へ上がれる」

ちょっと安心した。別に地獄に堕《お》ちる予定はないけれども。

「新しい経験を積むために生まれ変わるって、転生輪廻《りんね》ってことよね？」

「言葉くらいは知ってたか。あるときは男に生まれ、別のときには女に生まれる。金持ちになったり、貧乏暮らしをしてみたり。ときには障害を持って生まれることもある。だから、今回の人生が思い通りにいかなかったとしても、次のチャンスを神様は用意してくれている。――まあ、こういう仕組みは俺のような神様見習いの領域じゃなくて、本式の神様の領域だけどな」

いっぺんに言われても、すぐにぜんぶを理解はできそうにないけど。

でも、霊や魂があるってことが分かれば、とりあえずいい。

「じゃあ、やっぱり霊とか魂ってあるんだね？」

「ああ」

「だったら、神様見習いの力で、亡くなった婚約者さんの霊と、藤尾先輩を会わせてあげてよ」

私の言葉に、真人がまたしてもため息をつきながら、首を横に振った。

「無理だよ」

「何で」

私が食い下がると、真人が珍しく言葉に詰まった。

真人が視線を逸《そ》らせるが、私は逃がさない。正面に回り込んで睨んでみる。

とうとう、真人が折れた。

しかし、その言葉を私は聞かないほうがよかったのかもしれない。

「だって」

「だって?」

「死んでいるのは……あの男のほうだから」


いつの間にか、私は自分の部屋へ戻っていた。

広縁の椅子に座るとスマートフォンを取り出し、高校時代の友達の名前を探してタップした。

『もしもし? ああ、彩夢。久しぶり。元気? え? 京都? いいねえ、こっちは毎日残業でさ。うん? ああ、京大に行った藤尾先輩ね。うちの兄貴と仲よかったけど、カッコよかったよね。でも、かわいそうだよね。彩夢は知らないんだっけ? 大学出て東京に戻って就職したんだけど、先月、交通事故で亡くなっちゃって――』

電話の相手は、私と同じく文化祭実行委員をしていた友達だ。ちょうどひとつ上のお兄さんがいて、藤尾先輩とも仲がよかった。だから、電話した。「藤尾先輩? ああ、昨日もお兄ちゃんと飲んでたよ」とか、言って欲しかった。

でも、現実はまるで違っていた。

そのあと、私はどんな話をしたか覚えていない。

藤尾先輩が、先月、交通事故で死んじゃっている――?

じゃあ、私が会ったあの先輩は何なのだ。

玄関ロビーで挨拶して、大宴会場でお酒を飲んでいるあの藤尾先輩は――?

訳が分からないよ……。

窓の外を見る。

真っ暗な夜の闇は、旅館の灯りで照らされて、中庭を幻想的に見せている。

幻想――何か悪い夢を見ているのだろうか。

ガラスに反射した自分の顔を見て、知らないうちに泣いていたことに気づいた。

乱暴に涙を拭いていたら、部屋の入り口が力任せに叩かれる音がした。

「おい、巫女見習い！　いるんだろ⁉」

案の定、真人だった。デリカシーがない奴と咎《とが》めたい反面、いまは無性に誰かに会いたくもあった。

「はい」

私はもう一度涙を拭《ぬぐ》うと、部屋のドアを開けた。

「ったく、急に出ていきやがって――おまえ、泣いているのか」

居丈高と言ってもいい口調だった真人が、声のトーンを落とした。

「別に」

真人がハンカチを出す。

「涙、拭いとけ」

「……ありがと」

「かなりひどい顔だぞ」

――一言多いんだよ。

でも、いまはその一言がなぜか涙を呼んでしまう。

「洗って返す」

「そうしてくれ」

真人は私の手を引いて部屋を出た。どこへ行くのか分からないけど、そのまま従う。

泣き疲れていたのだと思う。

真人が連れてきたのは大宴会場だった。

お酒を飲み続けていた文恵さんが、タブレットを抱えて寝落ちしているくらいで、
もう他にお客さんはいない。

私と真人のお膳が残っていた。

でも、何か少しおかしい感じがする。

「いま、ご飯なんて気持ちじゃないんだけど……」

「無理なら食べなくてもいい。だが、おまえを連れてきた理由はそっちじゃない」

「え？」

「仲居さんにお願いして残しておいてもらった。これを見ろ」

私たちのお膳のそばに、もうひとつ、お膳が残っている。

何も手がつけられていない。

「これは——？」

「さっきの男の膳だ」

「嘘」と、否定の言葉が口をついて出た。「だって、先輩、ご飯食べてたじゃない」

お猪口でお酒も飲んでたし、真人からまかないで小鉢をもらって食べていたではないか。

「そうやって感情的になって、事実から目を背けるな。この膳、俺が作ったまかないの小鉢が乗ってるだろ」

「小鉢なんて他にもあるでしょ」

「小鉢は他にあるだろう。でも、俺のまかないはひとつしかない」

そんなのはあとから追加したのだとか、同じものがもうひとつあったのだとか、文句をつけようと思えば、まだできた。

でも、できなかった。

私だって頭では分かっているのだ。

何も事情を知らない高校時代の友人が、先輩の死を教えてくれた。

それがすべての答えなのに。

気持ちがついていかない……。

何も手をつけられていない藤尾先輩のお膳が、涙で歪んで見える。

とうとう私は声を上げて泣いた。


どれだけ泣いただろうか。

大宴会場のお膳はすっかり片づけられ、文恵さんもいなくなっていた。

気がつけば私は畳の上に座り込み、ぐずぐずと鼻をすすっていた。

目の前には仏頂面の真人と、心配そうに私を見つめる女将さんの舞子さんがいる。

「事情は真人さんから聞きました。彩夢さん、おつらいことでしたな」

舞子さんの言葉が優しい。また泣いてしまいそうだったけど、もう十分すぎるほど涙を流していたから疲れてしまっている。

「ありがとうございます、舞子さん」

真人がそっぽを向きながら鼻を鳴らした。

「やっと落ち着いたか」

私は大きく深呼吸をして、両手で顔を一度叩いた。よし、もう大丈夫。たぶん。

「あの、教えて欲しいんですけど……どうして藤尾先輩のことが見えるんですか」

真人が舞子さんに目配せした。

「普通は死んだお人の姿なんて人間には見えしまへん。神様見習いの真人さんとずっと一緒にいたこととか、この旅館の力とか、あの男の人とのご縁とかでっしゃろな」

舞子さんが言う縁の深さとは、この場合、高校時代の繋がりだろうか。

「それに、この『平安旅館』だったら『訳ありの人間』はやってこられる。あの男の心に何か現世での心残りがあったりするんじゃないか」

そうだった。この旅館は何か心の重荷を背負った「訳あり」のお客さんがたくさん集まってくる場所だった。つまり、先輩も何か心の重荷を背負っている……。

「……ねえ、真人。あなた、神様見習いなんだから、藤尾先輩の心残りを解決してあげられないの？」

私としてはナイスアイデアのつもりだったけど、真人は眉を歪めると、大きくため息をついた。

「そう来ると思ったけどさ、あの男は自分が死んだことは分かってんだよ」

その言葉に私は驚いた。

「え、そうなの？」

「最初にあいつは言っていただろ。『死んじゃったんだ』って。その上であいつは心を閉ざしている。あいつの心残りが何かは知らんが、それがあるうちはあの世には旅立てない。あんまり強烈な執着だったら、現世で彷徨い続ける地縛霊に成り下がるんだろうな」

「そんなの、ひどくない？」

真人がやれやれと肩をすくめた。

「まったく人間という奴は、『いつか必ず死ぬ』と分かっているくせに、そのことから目を背けている。明日死ぬかも知れないのに、まるで永遠に生きるみたいに毎日を無駄に生きている。そのせいで、死んだときにはあれもしておきたかった、これも言っておきたかったと大騒ぎする。人によっては死んだことも認めず分からず、自分の葬式を見てひどい仕打ちだと怒り狂って祟《たた》る奴もいる。ほんとうに下等な魂……痛っ。何すんだよ」

私が文句を言う前に、舞子さんが無言で真人の頭をはたいていた。

「蚊がとまってましたさかい」

舞子さんが私の顔を見てにこりと微笑んだ。ちょっとすっきりした。ナイスです、舞子さん。

そのおかげと言っては何だけど、いいことを閃《ひらめ》いた。

「やっぱり先輩の心残りって、婚約者さんに関することなんじゃないかな。直接聞けないとしても、何とかして婚約者さんを探せないかな」

真人が少しぎょっとしたように私の顔を見た。

「おまえ、本気か？」

「何よ、その言い方」……あれ？　何だろう、胸に違和感がある。疲れたのかな。

まだ何か文句を言いたそうにしている真人に、舞子さんが言葉をかけた。

「真人さん、神様見習いなんやさかい、その藤尾様の心の中でも覗いて、婚約者さんの手がかり集めてきたらいかがです？　点数上がりますえ」

「真人って、そんなことができるんですか」

ということは、私の心も覗かれたりしていたの――？

内心で戦慄していると真人が頭をかいた。

「普通はできないよ。表面意識がバリアになって覗けない。『見習い』だからな」

「そうなんだ」ちょっと安心した。

「でも、対象者が寝ていたりして、そのそばにいれば意識に入り込むことはできる」

「なら、できるんちゃいます？」と舞子さんが平然と言った。「何しろ、死んだと分かっていても、お酒飲んだり、ご飯食べたりしようとしてたんやから、まだ霊の自覚は薄いんでしょ。夜になったら寝るんちゃいます?」

舞子さんの指摘に、真人が渋々という感じで頷く。これで藤尾先輩の婚約者が見つかる可能性はぐんと増した。

藤尾先輩、喜んでくれるだろうか。

……あれ? 何かやっぱり、私、変だ。

先輩が婚約者に会えれば、きっと喜んでくれるんじゃないかと思いながら――心がぼうっとしている。だいぶ、疲れているのかもしれない。

京都にゆっくりしに来たつもりで、ずっと忙しかったからかな。

真人が私を見ているみたいだったけど、どんな表情で見ていたかは、たしかめていなかった。


翌朝、私が朝ご飯を食べに大宴会場に腰を下ろしたら、真人がふらりとやってきた。無愛想、不機嫌、疲労困憊《こんぱい》と、何とでも言いたくなるようなひどい顔つきだった。さすがに私も声をかけるのに気を使う。相当お疲れ?

「えっと、おはよう……?」

真人が私を見下ろした。小さく舌打ちも聞こえた。怖いです。

私の隣にどっかり座った真人は、朝ご飯を猛然とかき込み始めた。

朝食はアジの開きにしじみのお味噌汁、厚焼き玉子にひじきの煮物とお漬物という純和風である。炊きたてのほかほかご飯がおいしい。

頼めばパン食もできるらしいのだが、お米を食べないと力が出ないので、私は和食をありがたくいただいている。

旅先って妙にお腹がすくというか、いつもより食べられてしまう。特に昨夜はいろいろあってご飯が喉を通らなかったので、今朝は朝ご飯一番乗りになってしまった。

「疲れた。お茶！」

「はいっ」

私が麦茶を入れてあげると、真人は一気に飲み干す。大きく息をついて、空になったお茶碗におかわりをよそい、今度は普通にご飯を食べ始めた。

「見てきたぞ」

相変わらずキレ気味の真人に、怯《ひる》みつつ質問する。

「な、何を見てきたの……？」

その質問が気に食わなかったのか、ますます真人が危険な顔つきになった。

「だから、藤尾って奴の心の中だよ」

真人が乱暴にアジの開きをかじった。

しばらく言葉の意味が分からなかったけど、理解できると同時に、思わず大きな声が出た。

「すごい！　真人、本当にそんなことができたの!?　で、どうだったの!?」

「ちっ、感謝も何もなしかよ。とにかく疲れた。まず飯を食わせろ」

藤尾先輩がやってくる前に早く話を聞きたかったのだけど、真人はがつがつとご飯に向かっている。

二膳目のご飯をおなかに納めてから、やっとのことで真人がしゃべり始めた。

「まず見えてきたのは、青い空と大きな建物。藤尾みたいな年頃の男女がたくさん歩いていた。どうやら『大学』と呼ばれるところみたいだったな」

真人は藤尾先輩の頭上辺りから眺める感じだったらしい。ちょうど後頭部辺りからカメラで撮っている視点なのかな。

「その中で、藤尾は構内のカフェに立ち寄っていたけど、そこにひとりの女性が座っていた」

女性はテキストとノートを広げ、辞書を使ってドイツ語を勉強していたそうだ。

「それが――先輩の彼女さん？」

甘いはずの厚焼き玉子の味が、なぜかしなかった。

面倒くさそうに真人が頷く。

真人の描写によると、長い黒髪の女性だったそうだ。眼鏡をかけている真剣な横顔が整っていると言った。袖のない白いシャツにロングスカート。どこか線の細い感じがするきれいな子だったみたいだ。

その子の名前は「水瀬園美《みなせそのみ》」というそうだ。

「他には？」

「大学の後輩らしい。まあ、よく分からないけど普通の女なんじゃないか。ああ、でも占いとか好きそうだったな」

藤尾先輩がそばに座ったときに、眼鏡を外して、『お、ちゃんと私が言ったラッキーカラーのグリーンの入ったシャツ着てるじゃない。占いなんて信じないなんて言ってるくせに』と笑っていたそうだ。

「ふーん」

水瀬さんが藤尾先輩の婚約者となる女性なのだろうか。

彼女の前では藤尾先輩は気取らない表情を見せていたそうだ。

『ドイツ語の原書を読むスピードが遅いから、卒論が大変なんだ』『じゃあ、一年の私と一緒に第二外国語やり直す？』『勘弁してくれ。それより学食行こう』みたいな、ごく他愛のない会話をしていたと、真人が教えてくれた。笑顔の先輩が目に見えるようだった。――ちょっと苦しいけど。

「藤尾は生協の学食ランチが好きらしいな。安くていいと喜んでいた。トンカツにチキンもつけてたな。女のほうは学食では塩鮭《しおじゃけ》が好きらしい。あとポテトサラダ」

「そうなんだ……」

そのあと真人の見ていた場面は、京都駅に飛んだという。

「平安旅館」に来たときのように着慣れた服装でリュックサックを背負った藤尾先輩と、大学にいたときと同じ清潔感のある服装の水瀬さんが手をつないで新幹線改札を通った。まだ寒いのか、水瀬さんはコートを羽織っている。

藤尾先輩は東京駅までの乗車券を持っていたけど、水瀬さんは入場券だった。

左手にはふたりとも銀色の指輪をしていたと真人が教えてくれた。

だんだん、ふたりは口数が少なくなっていった。

『もうすぐ、時間だね』と、水瀬さんが腕時計を確かめる。

『園美』『何？』『留年するなよ』『何それ』

水瀬さんは笑っていたけど、藤尾先輩は真剣だった。

『園美が卒業したら、結婚するんだから。留年なんてするんじゃないぞ』

『……そうだね。待ってるから、ちゃんと迎えに来てね』

やがて、藤尾先輩が乗る新幹線がホームにやってくる。

藤尾先輩が乗り込む。水瀬さんは乗り込まない。

発車の合図がして、つないでいた手が解かれた。

ドアが音を立てて閉まった。水瀬さんが笑顔で小さく手を振っている。

列車が動き出した。水瀬さんが少し追ってくる。

ドアの向こうの水瀬さんの顔が、途端に涙に曇った。

でも、水瀬さんはすぐに追いつけなくなって。

立ち止まった彼女はうつむいて涙をしきりに拭いていた。

――夢の世界から戻ってきた真人が見たものは、眠りながら「園美、すまない」と名を呼びながら涙を流している藤尾先輩の姿だったそうだ。


それが昨夜、真人が藤尾先輩の夢の中に入り込んで見た話の内容だった。

やはり先輩の心残りは婚約者の女性、水瀬園美さんのことみたいだ。

「そっか……」

朝食の味噌汁はすっかり冷めてしまった。

「で、どうしたいんだ、おまえは。……食べ物に申し訳ないだろ。ちゃんと食えよ」

まだ、大宴会場には家族連れのお客さんたちしかいない。

飲んでばかりの文恵さんは二日酔いなのだろうし、ひとり旅のきれいな眼鏡の女性もまだ来ていない。先輩もまだいなかった。寝坊しているのかな。

「――そうだね……」

そうは言いながらも、私の気持ちはほとんど決まっていた。

「その顔は、ろくでもないことを言い出す顔だな」

頬いっぱいにご飯を詰め込んでいる真人に心外なことを言われたが、無視する。

「その水瀬さんに会いに行こう」

真人が一瞬私を睨むようにして、口いっぱいのご飯を飲み込んでいた。

きっとまた辛辣な言葉が投げつけられるかと内心身構えていたのだけど、そのまま真人はご飯を食べ続けている。

「………」

静かすぎるのもかえって不気味だ。

「どう、かしら……？」

きれいに朝ご飯を平らげ、お茶を飲み干して、真人はいつもの不機嫌そうな顔で私を睨む。

「おまえ、それは本心か？」

「本心――？」

真人の顔がますます険しくなる。

「おまえ、あの先輩って男に好意を抱いているんじゃないのか」

「え……」

一瞬、真人が何を言っているのか分からなかった。

でも、その意味が分かると顔が熱くなった。

心の中の違和感の正体にも気づいた。

本当は最初から気づいていたのに、目を背《そむ》けていたのだ。

だって、彼氏に振られての傷心旅行で、昔、憧れていた先輩に再会して、ちょっと心揺れるなんて……。それこそ学生時代ならともかく、私はれっきとした社会人だ。そんなことはあるわけないと見ないようにしていたのだ。

「図星なんだろ。人間というものは好意を持った相手に自分の気持ちを伝え、自分にも好意を持ってもらうことが喜びだと聞く。反対に、好意を持った相手が自分以外の人間に好意を抱くことに悲しみや憤りを感じ、場合によっては暴れる輩《やから》もいるのだろ？　だったら、そんな骨を折ってやる必要なんてないじゃないか。何を考えているのだ。理解に苦しむ」

「……真人は案外優しいんだね」

私の言葉に真人が赤面する。

「何言ってるんだ。それが合理的な思考だろ。あと、おまえたち人間に対して、俺が抱く感情は優しさなんていう対等な関係ではなく、あくまでも高位にある神々の世界からの慈悲の一端でしかない――」

「人間って、合理的な思考だけじゃないんだよ」

好きな人には幸せになってもらいたいって考えるのも、人間なのだ。

もっとも、先輩が生きていて、婚約者さんのほうが亡くなっていたら、ひょっとしたら先輩の悲しみが癒えた何年後かには、先輩の隣に自分が立てたらいいなって思っちゃったかも知れないけど。

何だか京都に来てから涙もろくなったな。

私が目尻を指先でそっと拭っていたら、真人はもっと危険な表情になった。

「好きにしろ。次に優しいなんて言ったら、二度と協力しないからな。俺は神様見習いの課題、仕事でやってるだけなんだ」

そう言って真人は、右手を私に差し出した。

「何？」

「ちょっと携帯を貸せ」

「どうするのよ」

「いいからさっさと携帯を貸せ」

私のスマートフォンを貸すと、どこかに電話をかけ始めた。

「どこにかけているの？」

真人が手を突き出して私を黙らせる。

しばらくして電話が繋がったようだ。

「もしもし？　水瀬園美ってのはあんたか？」

「真人!?」

この人、いま、『水瀬園美』って言った？　藤尾先輩の婚約者さんに直接電話しているの!?

京都に来て最大の衝撃を受けている私を尻目に、真人が勝手に話を進めようとしている。

「藤尾雅俊って、あんたと結婚を約束してたよな？　俺？　俺のことはどうでもいいだろ。藤尾から番号は聞いたんだ……って、おい！」

舌打ちをした真人がスマートフォンから耳を離した。

「何したのよ？」

「ちっ、切られた。夢の中で藤尾から番号を聞き出したから電話かけたのに」

「あなた何考えてるのよ！」

「おまえがあの女に会いたいっていうから呼び出してやろうとしたんだろ。ったく、あの女、神様見習いの電話を切るなんて、どれだけ無礼なんだ」

「無礼なのはあなたのほうよっ。舞子さんに言いつけてやるっ」

ちょうど朝ご飯にやってきた藤尾先輩が私の大声に驚いていた。


朝食のあと、私の嘆願を聞いた舞子さんの計《はか》らいで真人の暴挙に対する反省会と今後の対策会を開くことにした。

場所は小宴会場で、メンバーは真人と私、そして佐多さん。舞子さんは、この時間は旅館の仕事が忙しくて手が離せないので、代わりに男性の意見代表も兼ねて第三者的立場で佐多さんに来てもらったのだ。

なお、真人の暴挙については舞子さんから減点一がついている。

そのせいもあってか、真人はあぐらに頬杖でそっぽを向いている。

まるで不良少年とその家族が、生徒指導室に呼び出されたみたいだ。

生徒指導の先生というには佐多さんは優しい雰囲気だけど。

その佐多さんがきちんと正座して話し始めた。

「さて、事情はざっくり女将から聞きました。まずはじめにお話ししておきたいのは、霊のお客様も当旅館では珍しくありませんのでご安心ください、ということです」

「ということは、こういうことも慣れている、ということですか」

「はい」と佐多さんが爽やかな笑顔で頷いた。

真人が「ふん」と鼻を鳴らしている。いい加減、前を向きなさい。

「とはいうものの」と、佐多さんがちょっと顔を曇らせた。「いろいろとイレギュラーな事態が起こったこともお伺いしました」

「……真人の電話ですね」

相変わらず、真人は聞こえないふりをしている。

「これ以上、私たちだけで考えを巡らしても答えが出ないと思われます。そこで女将とも相談しまして、ご本人のご意見を聞くことにしました」

その説明に、私と真人は思わず顔を見あわせた。

「どういうことですか」

「本人？」

佐多さんが楽しそうに笑っている
そのとき、小宴会場の入り口から「失礼します」という美衣さんの声がした。

「ちょうど来ましたね。――はい、どうぞ」

「えっと、ここでいいんでしょうか……」

入ってきたのは、美衣さんに連れられてやってきた藤尾先輩その人だった。

最初は面食らっていた藤尾先輩だったけど、佐多さんが分かりやすく説明すると事情は分かってくれた。

「実は僕自身、死んだはずの自分がなぜ旅館にいるのか、天河さんに会えたのか、不思議に思っていたんです」

「この『平安旅館』は『訳あり』のお客様がよくお越しになりますから。彩夢さんは、いい助け船になったかもしれませんね」

「ああ、なるほどですね」と先輩が納得したような顔になった。

私は勇気を振り絞って、先輩に言った。

「先輩、私、できることは協力します。だから、教えてください。何が先輩は『心残り』なんですか」

藤尾先輩は私の質問に、自分の気持ちを確かめるようにひと呼吸おいて答えた。

「僕の心残りは――婚約者の園美が幸せな人生を生きてくれること。僕が死んでから、彼女が落ち込んでいて、それがたまらなくつらいんです」

先輩の真剣な顔に、胸がきゅっとなった。

ああ、高校生の頃の純粋で真剣な目のままだ。

だから――。

「先輩、私たちに任せてください」

私は大きく胸を張って答えるのだった。


水瀬園美さんはまだ京都大学の学生だ。

昼間は大学の授業に出ているので、アポイントは大学の構内で取った。

もちろん、さっき真人が不審すぎる電話を入れてしまったあとだ。私の携帯番号は危ないだろうということで、佐多さんのスマートフォンをお借りした。

「もしもし。初めまして。天河彩夢と申します。藤尾先輩と高校時代に一緒の委員会で……。ええ。お借りしていたものがあるので、お返ししたいんです」

とはいえ、飛び込み営業とかテレアポの経験はないから、うまいトークなんてできない。とにかく会ってくださいの一点張りを貫いた。目の前で佐多さんが、うまくいきますようにと祈っていたのが効いたのだろうか。

京都大学は吉田《よしだ》キャンパス、宇治キャンパス、桂《かつら》キャンパスの三カ所に分かれている。水瀬さんがいるのは、メインキャンパスである吉田キャンパス。昨日行った銀閣寺や哲学の道の西側に当たる。

何とか待ち合わせの約束は取り付けた。時間は十一時。場所は百周年時計台の前。

「本当に来てくれるかな……。いや、来てくれますように」

待ち合わせ時間の十五分前に着いて、私はあまり怪しまれない程度に周りをきょろきょろしていた。

少し向こうのほうには、真人と佐多さんもいる。真人だけでは何をしでかすか分からないからと、舞子さんが佐多さんを同行させてくれたのだ。

舞子さんといえば、水瀬さんに会ったときに、真人に法力を使って心を開かせるように命じてくれていたっけ。そんな便利な力があるなら、何で最初の電話で使わなかったのだろう。私がそう詰問したら、真人はまたそっぽを向いていた。私はひとりっ子だけど、まるで聞き分けのない弟を持ったみたいだ。

その真人と佐多さんも意外とキャンパスに溶け込んでいる。

そして、他の人の目には見えないけど、藤尾先輩もいるはず。

私にはかろうじてぼんやりした人影だけ見える。どうやら私がしっかりと藤尾先輩を見ることができるのは「平安旅館」の中だけらしい。

大学生たちが構内を歩き回っている。

何だか懐かしい感覚だ。

ここに先輩がいたんだなと思うと、ちょっと切ない気持ちになってしまう。

いかんいかん。こんなことではダメだ。

先輩の望みは、水瀬さんが笑顔になること。

水瀬さんに会ったときに、私はどんな話をすればいいのだろう……。

約束の時間まであと数分というところで、髪のきれいなすらりとした女の人が、私の目の前に立った。

「水瀬園美です」

水瀬さんは少し緊張気味に頭を下げていた。

黒い髪はまっすぐで濡《ぬ》れているように美しい。顔立ちは清楚で、どこか儚げ。

こういう人を先輩は好きになったのだな。

着ているものこそ、彼女も私もいわゆるコンサバ系統だけど、顔立ちはかなり違う。いかにもお嬢様的な水瀬さんに比べれば、私は猫目で鼻も高くない。髪も私はセミロングだし、あんなにきれいな黒髪ではない。その上、子供の頃のスイミングのせいか、私には肩幅もあるし。

そして、彼女の左手の薬指には指輪が光っていた。

「初めまして。天河彩夢です」

私はできる限りの笑顔で頭を下げた。

「彼から預かっている物があったというようなお話でしたが……」

「え、ええ……立ち話もあれですから、お茶でも飲みながら話しませんか」

私はコーヒーショップの看板を指さした。

「はい。普段、私も昼ご飯とかでよく使いますから」

水瀬さんはアイスティー、私はコーヒーを注文する。後ろを見たら、真人と佐多さんもちゃんとついてきてくれている。

私はミルクなどを多めにとって、テーブルについた。

「水瀬さん、お砂糖とか使います？」

ガムシロップ、ミルク、レモンをそれぞれ彼女の前に並べる。

「ありがとうございます。じゃあ、ガムシロップを。天河さんは？」

「私はブラックです。これは水瀬さんの分で持ってきたものです」

私がそう答えると、水瀬さんは目を丸くした。

「天河さんって、いい人なんですね」

「いえ、そんな」楚々としたお嬢様みたいな子に言われるとちょっと照れる。「それにしても、よく私のことが分かりましたね」

ガムシロップを入れてかき混ぜたアイスティーを、水瀬さんがひと口すすった。

「実は、彼、死んだ雅俊から、天河さんの写真を見せてもらったことがあるんです」

「ごほっ」思わずコーヒーにむせた。「な、何ですか、それ」

どうやら高校時代の話をしたときに、文化祭実行委員会の話をしたようだった。後輩で面白い女の子がいた、ぐらいの内容だったらしいが、何度か同じ話をしていたとのことで……。そういうことは事前に教えてくださいよ、藤尾先輩。

水瀬さんがくすりと笑った。

「初めてのお電話でしたけど、お名前を聞いて思い出して。それでお会いしてみようって。へへ。話を聞いていたときには、私の前で他の女の子の話をしないでよとか思ったんですけど、どこで生きてくるか分かりませんね」

「あー……、藤尾先輩ってそういう天然なところありましたねぇ」

私が苦笑すると水瀬さんも同じように苦笑いした。

「誰かと雅俊のことを話すの、久しぶりです」

しばらくの間、水瀬さんは藤尾先輩のことをあれこれと話してくれた。最初こそ、大学での様子を当たり障りなく話していたが、徐々に深みに入っていき、とうとう藤尾先輩の嫌いなところを列挙し始める。

「だいたい雅俊は、しっかりしているふりしてデリカシーがなくて、いい加減で、そのくせ甘えん坊でさみしがり屋で。私は授業があるって言ってるのに一緒にいたがって。ほんっと、手のかかる男でした」

私としては、「そうだったんですか」としか答えようがない。

だけど、ああ、そうだ。高校時代の先輩もそんなところはあったな。

真面目で優しいんだけど、どこか危なっかしいというか、支えてあげたくなるという感じ。いつもがんばってるんだけど、無茶してないかってはらはらしちゃう感じ。おやつのひとつもあげなきゃって思う感じ。私も同じ気持ちだった。

愛されていたんですね、藤尾先輩。

水瀬さんがハンカチを出して口もとを押さえた。

「その手のかかる雅俊が死んじゃって……雅俊、ひとりで泣いてないかなって。さみしがってないかなって。私、すごくそれが心配で。――ごめんなさい」

水瀬さんの声が震えていた。ハンカチで目のあたりを拭《ぬぐ》っている。

彼女が藤尾先輩のことをずっと心配しているように、藤尾先輩も彼女のことをずっと心配している。

互いに大切に想いあっているんだな。

少し妬《や》けちゃう。

そこに、真人の低い声が入り込んできた。

「取り込み中、すまない。その藤尾という男からの預かり物を渡さないといけないんでな」

水瀬さんがびっくりして真人に振り返った。

「ちょっと、真人どういうつもりよ」と小声で叱る。傍《かたわ》らで佐多さんが困った顔をしていた。

「どういうつもりって、それはここにいる藤尾本人に聞いてくれ。頼みごとがあるって言うんだから仕方がない。ああ、巫女見習いのくせにおまえには見えないのか」

水瀬さんが警戒心を露わにしていた。

「こちらの人は天河さんのお知り合い、ですか？」

「えーと」と私がどう説明しようかと考えているうちに、真人がさっさと口をきいた。

「俺は神様見な……」

「じゃなくて、霊能者？　占い師？　ちょっとアレなんだけど」と割り込んで、私は慌てて真人の口を塞《ふさ》いだ。

真人がもがもが言っている。本当にやめて欲しい。せっかく水瀬さんが心を開いてくれているのに。

そう思って恐る恐る水瀬さんを見ると――あまり驚いていない。「はあ」とこちらを見ている。

私の手を力ずくで外した真人が、どや顔になった。

「藤尾の霊から聞いたけど、あんた、占いとかスピリチュアルとかいうくだらな……あー、そういうのに興味があるんだってな。藤尾のラッキーカラーのグリーンの入った服をプレゼントしたりしたとか」

水瀬さんが目を見開いている。「どうして、それを――」

「他は……藤尾はドイツ語が苦手で卒論苦労したらしいな。あんた、一緒に一年に戻ってドイツ語を一緒に勉強しようと誘ったりしたんだっけ？」

真人は夢の中で先輩の心から読み取った出来事を次々に開示した。どれもこれも、水瀬さんと先輩のふたりしか知らないことばかりだ。

「ぜんぶ、当たってる……。天河さん、この人は――？」

水瀬さんが神秘感に打たれている。ちょっとした賞賛の眼差しで見られて、真人は少しうれしそうにしていた。何かこの人のこんな顔、珍しいかも。

「そして、昼飯は大学構内のカフェやレストランとかじゃなくて――」と、真人が言い始めると、水瀬さんが目に見えてびくりとした。顔色がみるみる白くなっていく。

「そばにある生協食堂で毎日食べるんだったよな。行こうぜ」

いまのはちょっとおかしい。さっき、水瀬さんはこのカフェでお昼を食べると言っていたはずだ。

「私、生協の食堂は――」

「そろそろ昼飯の時間だ。みんなで生協に食べに行くぞ」

真人の言葉で半ば強引に生協の食堂に来てしまったが、水瀬さんは顔色が悪い。

「あの、私やっぱり――」

その水瀬さんの様子を無視するように真人が進んでいく。私と佐多さんも続いた。

この食堂はトレイに自分の食べたい物を取って、レジで会計するシステムだった。

「いまの時期だったら、あんたは焼鮭が好きなんだよな。あとポテトサラダはよく頼んでいた。藤尾はトンカツ。あと、腹が減ったときにはチキンも頼んでいたか。さすが男だな。あとはご飯と味噌汁を二人分、と。佐多さん、お金よろしく」

真人がぽんぽんと食べ物を取っていく。私たちも適当に料理を取ることにした。

会計を済ませてテーブルに着き、真人が両手を広げた。

「あんたがよく食べていた組み合わせだよな。どうぞ」

真人が率先してトンカツにかじりついた。それを見て、せっかくだから私も、取ってきたメンチカツをいただく。

何とも懐かしい、学生時代の味がした。

佐多さんはからあげを取っていて、「たまにはこういうのもいいものですね」と笑っている。

しかし、水瀬さんの箸は動かなかった。

「どうした」と真人が目を細くして尋ねる。

水瀬さんがとうとう箸を置いた。

「――ダメなんです」

「どうしたんですか、水瀬さん」

水瀬さんの顔が再び涙に曇る。

「この食堂、雅俊と毎日一緒だったから……。思い出しちゃって、つらくて——。彼が亡くなってからは、食べられないんです」

そう言って肩を震わせる水瀬さんに寄り添うように、白い靄《もや》のような姿の藤尾先輩の魂が立っていた。

しかし、水瀬さんには、その姿は見えない——。


私たちは佐多さんの車で「平安旅館」に戻った。行きと違うのは人数がひとり増えたこと——水瀬さんも一緒だったことだ。真人が半ば強引に連れてきたのだった。

さらに言えば、私の手には、学食から持って帰ってきた焼鮭やポテトサラダがあった。水瀬さんが食べられないと泣いた品だ。

車から降りた真人は頭をかきながら言った。

「おい、巫女見習い。いいモノ作ってやるから、小一時間くらい時間潰して小宴会場にその娘を連れてこい。風呂でも入ってればすぐだろ」

焼鮭などを持って真人はさっさと建物に入ってしまった。水瀬さんには見えないようだけど、真人はなぜか藤尾先輩まで連れていく。私が止めようとするのを真人が無視した。

旅館に戻ってきたので私には藤尾先輩の姿が見えるのだけど、どうも水瀬さんには見えないようだった。

「午後の授業とか、大丈夫？」と私が尋ねると、水瀬さんが大丈夫ですと答えた。

「さっきの方がやることも気になりますから」

小一時間ほど、玄関ロビーで私や佐多さん、舞子さんが水瀬さんの話し相手になっていた。いくら何でも、お風呂にのんびり浸かる気持ちにはなれなかったからだ。

時間になったので小宴会場に行ってみる。真人はまだいない。しかし、厨房のほうから妙に煙ったい匂いが漂っていた。きっと、また何かやっているのだろうけど、これ焦げていないかな？　水瀬さんも「何か煙臭いですね」と言っている。

しばらくして、真人が大皿を持って現れた。

「できたぞ」

大皿の上にはさっきの焼鮭、ポテトサラダが載っていた。それ以外にも、ソーセージや厚切りのベーコン、チーズが載っている。

でも、どれもこれも、少し醤油を塗ったような茶色い色をしていた。

さらに、独特の香気がする。

「これは——？」

真人が大皿をテーブルに置き、佐多さんが取り皿と箸を並べていた。

「さっきの焼鮭とポテトサラダを燻製《くんせい》にした。それだけでは寂しいから他のものもついでに燻《いぶ》した」

「燻製？　焼鮭はともかく、ポテトサラダなんて燻製になるの？」

私が驚いて尋ねると、真人がポテトサラダの燻製を取り分けてくれながら言う。

「たいていの物は桜のチップで燻せばいい燻製になる。段ボールがあれば簡単にできるものだ。食ってみろ」

いただきますと手を合わせて、ほんのり色づいたポテトサラダを私は箸で少し取り上げた。

口もとに近づけると強い香気がする。でもそれは、とても食欲をそそる香りだった。

まだ煙で温かいポテトサラダを口の中に入れる。

「これ――」

ポテトサラダと燻製というふたつの言葉がまるで頭の中で結びつかなかったが、味のほうが正直だった。

ポテトも、一緒に混ぜられているキュウリやハムも、燻製にされることでその旨味を増している。元々の素材の味が深く豊かになっていた。

焼鮭の燻製も同様で、魚の旨味が濃厚に舌を包んだ。

「どうだ？」

「初めて食べたけど、すごくおいしい」

私はチーズや厚切りベーコンの燻製にも手を伸ばした。

真人がにっこりと笑った。それから水瀬さんにも改めて勧める。

「こいつが毒見はすませた。食べてみてくれ」毒見って……。

水瀬さんが箸を取ってみる。取り皿に盛られた焼鮭の燻製に手を伸ばして、ひと口食べた。

その表情が驚きに彩られ、口だけがゆっくり何度も咀嚼《そしゃく》する。

「……おいしい」

真人がもう一度にっこり笑った。

「食えたじゃないか。学食の焼鮭。ポテトサラダも食ってみろ」

小さく頷いて水瀬さんがポテトサラダにも箸を伸ばした。

「おまえら人間っていうのは、生きていれば当たり前だが年を取る。その分、経験は増える。出会いもあれば別れもある。悲しくてつらくて、煙ったくって苦しいことだってあるんだろ。でもこうやって燻製にすれば、うまいものになる。人間の人生なんてそんなもんなんじゃないのか」

真人の言葉の途中から、水瀬さんがうつむいて身体を震わせている。泣いている声が小さく聞こえてきた。

「うっ、ううっ……雅俊、まさとしぃ――」

水瀬さんと藤尾先輩がずっと一緒に食べていた大学の学食の味には、どんな思い出が詰まっていたんだろう。

とりとめのない話がほとんどで、だからこそかけがえがなくって。

水瀬さんはまだ大学生だっていうのに、藤尾先輩と一生を生きていこうと思ったんだよね。学生時代の私と比べたらすごいと思う。先輩を本当に愛していたんだな。

そんな水瀬さんならきっと、死別の悲しみを燻製の煙みたいに、人生の味わいだって受け止められる日が来ると思う。

そう願わずにはいられない――。

やだ。私までまた涙が出てきた。

と、真人がわざとらしく咳払《せきばら》いした。

「おまえがめそめそしていると俺の点数が低くなるから、特別サービスしてやる」

「特別サービスって？」

私と水瀬さんが真人の顔を見返した。

「さっきの燻製な、俺ひとりで作ったんじゃないんだ。ある男――正確にはある男の魂に手伝ってもらった」

「ある男の、魂――」

その言葉に、水瀬さんが何かを察したのか、目を見開く。

「俺は霊能者だからな。この旅館は霊的に特別な場所だから、最期のお別れくらい言わせてやる。――入ってこい」

真人がそう呼びかけると、壁をすり抜けてぼんやりとした光の玉が現れた。

驚いている水瀬さんの周りをぐるりと一周すると、光が伸びて人の形をとる。

「これ、本当？　夢じゃないの――？」

そこにいたのは、この旅館と真人の力で生前の姿として具現化した藤尾先輩の魂。

「雅俊――」

どうしようもないほど水瀬さんが泣きじゃくる。

藤尾先輩の霊が、万感の想いを込めて婚約者の名前を呼んだ。

「園美」

外は夕暮れ、黄昏《たそがれ》どき。

この世とあの世が重なる神秘の瞬間。

不器用な神様見習いも、たまには粋《いき》なことをするんだね。

「ほんとに、雅俊なんだよね？」

「うん。……死んじゃって、さよならも言えなくて、ごめん」

「……ほんとだよ」

ふたりが涙を流しながら、互いの顔を見つめる。

藤尾先輩と水瀬さんにしか聞こえない、小さな声で言葉を交わしているようだ。

ときどき頷いたり、少しだけ笑ったりする声が聞こえる。

でも、黄昏どきは短い。

「もうすぐ、時間だ」

真人の声に、ふたりが涙を拭って見つめあった。

ふと、藤尾先輩が私のほうを向く。

最後に私にも、藤尾先輩が「ありがとう」と笑顔をくれた。

「先輩も、お元気で」

そう言って、私はそっと青春の淡い恋心にお別れを告げる。

微笑んだ先輩は、水瀬さんに振り返った。

「さようなら、園美」

「私はもう大丈夫。また来世《らいせ》、雅俊」

そう手を振りあって、再び人の形から光の玉になった先輩の魂が、部屋を一度だけぐるりと回ると、天井を突き抜けて消えていく。

真人の不思議な力で、藤尾先輩はきちんと水瀬さんにお別れを言うことができた。

水瀬さんも、思いきり泣いて、しっかり悲しむことができた。
短い黄昏どきの逢瀬《おうせ》だったけど、ふたりは自分たちの気持ちを整理したのだろう。
外で烏《からす》の鳴き声が聞こえた。

第三話　肉じゃがはビーフシチューの夢を見る

ていた。

藤尾先輩と水瀬さんの一件から数日、私は「平安旅館」でゆっくりした朝を過ごしていた。

朝靄《あさもや》の中、玄関ロビーから外に出て胸いっぱいに空気を吸う。雀《すずめ》が二羽、餌を探しながら跳ねていた。京都に来た頃に比べて日射しが鋭くなってきた気がする。日焼け止めは入念に塗ろう。

ぐるりと辺りを見回す。宿の南側の八島ヶ池が見える。その向こうには伏見稲荷大社の鎮守の森だ。時間はゆっくり流れるどころか、まるで止まっているようだった。

美衣さんが玄関ロビーから箒《ほうき》を持って出てきた。

「おはようございます、彩夢さん」

明るくて素敵な笑顔だった。

「おはようございます。お掃除ですか」

「はい」

美衣さんが慣れた手つきで玄関先を掃いていく。一見きれいそうだけど、美衣さんが箒を動かすたびに、砂や埃《ほこり》が集まっていった。

「毎日、掃除しているんですよね」

「はい。毎日掃除しています。お客様に失礼がないように」

無駄のない動きで玄関周りがきれいに掃除されていく。美衣さんが箒で掃いたところは、ただきれいになっているだけじゃなくて、すごくさっぱりしていた。

「あの……美衣さん」

「はい」と、掃除の手を休めて美衣さんがこちらに向き直った。

「前に言ってましたよね。美衣さんも、この宿で女将さんに救ってもらったって」

美衣さんが苦笑した。

「ええ。私も昔はいろいろあったんですよ」

「いろいろ……」

美衣さんが言った言葉を繰り返すことで、その先を話してもらおうとしたのだけど、美衣さんのほうが一枚上手だった。

「ふふふ。彩夢さんこそ、ここにはいつまでいるんでしょうね」

直球だった。

客商売なら、長期滞在のお客さんがいることは願ってもないことなのだろうけど、この宿には特別な事情がある。訳ありのお客さんは心の中の悩みを解決するまで、この宿にずっと留まっているという。それなら、美衣さんの言うとおり、本当に私はいつまでここにいるのだろう。

仕事のことなのだろうか。一応これでも、スマートフォンで転職サイトを登録してときどき覗いている。

それとも彼氏のことだろうか。申し訳ないがすっかり忘れてしまった。むしろ、藤尾先輩のほうがよっぽど魅力的だったと思う。

それ以外で気になるところと言えば、お母さんとの関係かしら。でも、お母さんの言うとおりに生きてきたこれまでの人生の時間は変更できない。

思考の堂々巡りに入りそうになって、私は苦し紛れみたいな質問をした。

「ねえ、美衣さん。『救われた』って、どういう状態なのかな」

美衣さんが目を丸くした。

「すごい質問ね。でも、それに答えることができたとき、彩夢さんの心はもう救われているんだと思うよ」

どういう意味だろう。私がさらに質問しようとしたときに、玄関ロビーから真人が出てきた。

「おい、巫女見習い。朝飯だぞ。早く来い」

美衣さんが一礼して、掃除に戻っていった。もう少し聞きたかったのに。この神様見習いは私の邪魔をするのが仕事なのだろうか。玄関で「朝飯、朝飯」と連呼しないで欲しい。

「分かったから、いま行くから」

と、言い返して宿に戻った。

「今日はまかないで特製の炒《い》り卵を増やしておいたぞ」

「あなた、最近、厨房に随分出入りしているのね。夕食どきにはみんなにも分けてくるし。もういっそのこと、厨房で働いたら？」

「神様見習いに何てこと言うんだ。俺がいい加減ここの食事に飽きてきたから適当にまかないを作っている。それにおまえたち人間も相伴させてやっているだけ。本来であれば、俺の高貴な魂は光が強すぎておまえたち人間には見えないくらい、そのくらい差があるんだ。ありがたく思え」

そう言っているくせに、まかないの腕を褒められるとすごくいい笑顔になることを最近発見した。まったく反抗期の弟みたいで面倒くさい。

玄関ロビー前には親子連れのお客さんが、ソファに腰掛けてのんびりしていた。父親は新聞を読み、小学生くらいの男の子兄弟ふたりが紙飛行機を折っている。

「人にぶつけるなよ」と、父親が子供たちに釘を刺していた。

子供たちが「はーい」と返事をして、折り紙の紙飛行機を飛ばしている。

上の子の青い紙飛行機がふわりとソファの向こうまで飛んだ。しかし、下の子の黄色い紙飛行機はものすごい勢いでフロアの床に落ちた。

「おまえ、下手《へた》だなー」

「うるさい」

兄を見返してやろうと弟が紙飛行機を思いきり投げた。その紙飛行機は今度は極端に上のほうへ飛び上がった。

「あっ、下手くそ」

「あー……ひっかかっちゃった」

黄色い紙飛行機は天井のエアコン口に引っかかってしまった。

子供たちが飛び上がってみてもまったく届かない。

「あー、引っかかっちゃったね。ちょっと待ってて、私が番頭さんか誰か呼んでくるから」

受付にはまだ誰もいなかったので、呼び鈴を鳴らした。出てきた佐多さんに事情を話したが、男の佐多さんでも届かない。

その間にも子供がジャンプしている。しかし、かわいい高さまでしか届かない。

佐多さんが脚立を取りに行くのと入れ違いで、眼鏡をかけた、地味だけどきれいな女の人が現れた。ひとりで泊まっている背の高い女性だ。

「ああ、紙飛行機が引っかかってしまったのね。――ちょっとどいて」

女性はそう言って兄弟を下がらせると、数歩、あとずさりした。

軽くステップを踏み、ジャンプ――。

フロアを蹴った途端、彼女の背が倍になったように見えた。

まるで空を飛ぶように高々と舞い上がり、佐多さんでもまったく届かなかったエアコンまで難なく手を伸ばす。

黄色の紙飛行機をつまむと、猫のように軽やかに着地した。

格好よかった。履いているのは旅館のスリッパなのに、何というジャンプ力だろう。

思わず見とれてしまった。

「うわぁ……」

「すごい」

男の子たちが歓声を上げた。女性が眼鏡を軽く直して、紙飛行機を渡す。

「はい、気をつけるんだよ」

「ありがとうございました」と、弟が頭を下げた。

女性は笑顔で玄関ロビーをあとにする。方向的に大宴会場に朝食を食べに行くのだろう。

「へえ、すごいもんだな」

と、珍しく真人が素直に感心していた。

大宴会場に行ってみると、予想どおり、朝ご飯を食べにさっきの女性も来ている。

この人もいつからここにいて、いつまでいるんだろう。

「お、おはようございます」

少し声が上ずってしまった。毎日、大宴会場で顔を合わせていたせいで、いまさら挨拶するのに肩に力が入ってしまったのだ。

「おはようございます」

「さっきの、格好よかったです」

女性が食べようとしていた箸を置いて、照れたような顔をした。

「やだ、見てたんですか」

「はい。すごかったです。学生の頃、バレーボールとかバスケとかやってらっしゃったんですか」

女性が目線を外して箸を持った。

「ええ、まあ。そんなとこです」

あれ？　何か空気おかしい？　私、変なこと聞いちゃったのだろうか。

と、横合いから、いつもの不躾な男の声がした。

「さっきのは確かに素晴らしい跳躍だった。天狗《てんぐ》みたいだったぞ」

それって褒め言葉としてどうなのよ。でも、女性は楽しそうに笑ってくれた。

「あはは。天狗か。昔、バレーボール部の先生にそんなこと言われたことがあったっけ」

「いいものを見た。朝食だけど、おまえにもまかないの炒り卵を分けてやろう」

真人が持っていた炒り卵を、取り皿に分けた。

「ありがとう、まかないのお兄さん」

「何だその呼び名は。見習いとはいえ、高貴な存在の――」

真面目に反論されてはまた面倒くさいので、慌てて真人の口を塞ぐ。

「ええっと、この人は、蒼井真人。私は天河彩夢です」

女性がもう一度箸を置いて、姿勢を正して挨拶した。

「いまさらだけど、初めまして、は変かな。ふふ。及川《おいかわ》志保《しほ》です」

私と真人のお膳も持ってきてもらう。

本当にいまさらの自己紹介をしながら食べる朝ご飯は意外においしかった。

及川さんは地元京都の出身で、いまも京都市内で働いているのだそうだ。

それにしても、及川さん、やっぱりきれいだな。

眼鏡姿が知的な雰囲気だったし、顔立ちもりりしい。

姿勢がいいのは分かってたけど、近くで見るとすごく均整のとれた身体をしていた。

運動系の部活で確実に後輩にモテるタイプだと思う。

「及川さんはこの宿に、何日くらいいらっしゃるんですか」

「私？　私はね、もう三週間くらいかな。有休フルで使っちゃったんだけど……まだ今回の『訳あり』が解決していないみたいでね」

「え？　ごほっごほっ」

飲んでいたお味噌汁にむせた。

なぜ及川さんは、この宿の特別な一面を知っているのだろう。

「ああ、やっぱりあなたも、その目的でこの宿にやってきたのね。実は、私ね」と、及川さんがご飯を頬張った。

「この旅館の『お世話』になるのは、二回目なんだよ」

驚く私に、及川さんが話し始めた。

及川さんが以前、「平安旅館」に来たのは六年前、高校時代のことだったそうだ。

「私、中学生の頃からずっとバレーボール部だったの。おかげでぐんぐん背が伸びて、中学校を卒業するときには一七〇センチもあって。そのくせ胸はあんまり大きくならないから、女の子としては、少し複雑だったものよ」

と、及川さんが冗談めかして言うので、思わずくすりと笑ってしまった。

「バレーが、お好きだったんですね」と私が言うと、及川さんがにっこり微笑んだ。

「高校はバレーボール部の強豪校を受験したの。偏差値も割と高い学校だったから、必死に勉強して……。それで、念願かなって志望校に合格したんだけど——現実は厳しかったんだ」

　及川さんがほろ苦い笑みになった。

「何かあったんですか」

「バレーの強豪校ということは、当然、バレーの強い子がたくさん受験している。つまり、私くらいのレベルなんて掃いて捨てるほどいたのよ」

「それは――」

「ふふ。つい数カ月前までは、中学のバレー部のエースで、顧問にもチームメイトにも頼りにされてたのに。高校に入った途端、ただのその他大勢で基礎練習からやり直し。ボールなんて満足に触らせてもらえなかった」

「中学で活躍していたのだから、入って少ししたらレギュラーになれたんじゃないんですか」

　素人の私の疑問に、及川さんが首を横に振った。

「残念ながら、そんなに甘くなかったね」

　ある程度の厳しさは当然覚悟していた。

　しかし、見せつけられるのは自分の実力のなさだったという……。

　最初こそ、「レベルの高いメンバーと切磋琢磨《せっさたくま》してもっと強くなれるチャンスなんだ」と思うようにしていたけれど、だんだん気持ちは萎えていったそうだ。

「及川さん……」

「だって、どんなに前向きにがんばっても、レギュラーの座は増えないのよ？　それどころか他の中学のバレー部出身の子たちの実力に脅《おびや》かされる毎日。いくら練習しても、砂地を鉄下駄《げた》で走っているみたいだった」

及川さんにはつらかったろうと思うけど、私にはすごいと思えてしまう。私だったらとっくの昔にレギュラーをあきらめちゃっただろうから。

その苦労の甲斐《かい》あって、二年生でレギュラーになれたそうだ。

「及川さん、よかったですね」

しかし、及川さんの眼鏡の奥の瞳は苦いままだ。

「ありがとう。でもね、レギュラーになってからのほうがむしろ大変だったのよ」

「え？」

「実力不足は誰よりも私自身が分かっていたわ。頭の中では完璧に動けてるのに。指先の伸ばし方も、どのタイミングでボールを捉《とら》えるかも、ジャンプの高さも。でも、どうしても身体が少しだけずれてしまう。それじゃ、レギュラーの座を守れない」

何とかレギュラーをキープしたくて、できることは何でもしたという。

雑誌を読んだり、イメージトレーニングをしたり、うまい人の映像を見たり……。

でも最後は結局、ただただ練習するしかないというところへ戻ってくるのだった。

自分は鈍くさいから、人の二倍、三倍練習することでやっとレギュラーでいられるんだ——そう自分に言い聞かせて、休日も自主練に励んだのだと教えてくれた。

「及川さん、すごいです。尊敬します」

真人は何も言わないが、やや感心しているような表情に見えた。

「あの頃はとにかくバレーのことしか頭になくてね。部活以外の時間も暇さえあれば素振りをして、夢の中でも当たり前のように練習していた」

「つらくなかったですか」

「大変だったけど、つらくはなかったよ。試合できれいにアタックを決められたときや、狙ったとおりの連携が取れたとき、何よりも勝てたときの喜びで、そんな苦労はぜんぶ吹っ飛んじゃうくらい気持ちがよかったの」

レギュラーとして戦った高校二年のときには京都府大会で二位。

最高だった、と及川さんが会心の笑みを浮かべた。

「よかったですね」

「でも、いいことばかりは続かないんだよね……」と及川さんがつらそうなのに笑顔を無理に作った。

高校三年生になって及川さんは突然、レギュラーから外されてしまったのだ。

「そんな——」と私も自分のことのように胸が痛くなった。

死守と言っていいほど、ぎりぎりのところで守っていたのに。

部員の実力は、みな伯仲《はくちゅう》していたから、誰がレギュラーになってもおかしくはない――。

頭でそう思っていてもショックは大きかったという。

及川さんは、もがいた。あがいた。徹底的に抵抗した。

しかし、レギュラー復帰への道がまるで見えない……。

だんだん他の友達ともしゃべることもできなくなった、と及川さんは打ち明けた。

「そんなときに出会ったのが――ここの女将さんだったのよ」

それは三連休を控えたある日のことだったそうだ。

薄暗い校舎からひとり、出口なしの葛藤だけを抱えて下校する及川さんに、着物姿の女性が声をかけてきた。

『あら、お嬢さん、浮かない顔しとりますなぁ』

夕日の中で微笑む舞子さんに見とれていたら、いつの間にかぐいぐいと引っ張られて、気がついたらこの「平安旅館」に連れてこられていたのだとか。

何か私のパターンと似てるような……。

及川さんの話に、真人が軽くこめかみの辺りを押さえている。

「下校途中の女子高生をいきなり旅館に連れてきたのかよ……。あの人、そういう強引なところあるからな。何というか、災難だったな」

そういう真人こそ、私を強引に連れてきた「災難」じゃないか、とは言わない。

私が複雑な気持ちで聞いていると、及川さんが笑いながらそのときを振り返る。

「ふふ。たしかにあのときは災難みたいに思ってたけど、舞子さんが声をかけてくれたからこそ、いまの私はいるって感謝してるよ」

「そうなんですか」

「ええ。でも、当時の私は高校生でしょ？　制服姿なら気づきそうなものなんだけど、『あの、私、未成年で学生で、お金とかもなくって』って言ったら、舞子さん、何て言ったと思う？」

「少し想像できないです」

「舞子さんは、『ちょうど三連休やから、ご両親もご招待しましょ』って、こともなげに言い放ってさ。ははは。いつのまにやら家族旅行にされちゃった」

三連休なのにそんな飛び込み客が許されるのだろうかとも心配したそうだが、舞子さんは上品に微笑んで言ったそうだ。

「うちは『訳ありのお客様』のための隠れ家お宿ですさかい」と――。

舞子さんが何を言っているのか分からないままに両親が到着して、本当に家族三人の旅行が始まってしまったのだった。

「マジかよ……」と真人が小さな声で言い、しかめっ面になった。

「焦ったわよ。いきなり家族旅行でしょ？　しかも都合の悪いことに、その頃の私、いわゆる反抗期で父親とは半年近くしゃべってなかったから、最初はお通夜みたいな雰囲気で」と、及川さんが笑っていた。

　父親との関係以外でもうひとつ、いきなりの旅行で困ったことが及川さんにはあったそうだ。

「何がお困りだったんですか」

「三連休中の自主練のメニューができなくなっちゃったこと」

「ああ、なるほど……」本当にバレーが好きなんだな。

「だから、内心では、舞子さんを恨んでさえいたわ。何かを見透かしたように、『訳ありのお客様』なんて言ってたけど、女将さんこそ邪魔してるんじゃないかって」

　この三連休で、私はどんどん夢から遠ざかってるんじゃないか——。

だから、初日の夜はまるで寝付けなかったそうだ。

夜中にひとり、部屋を抜け出して及川さんは大浴場に行った。

お風呂に誰か人の気配がすると思ったら、女将の舞子さんだった。

互いに目礼だけして、静かに熱い湯船に浸かる。

脳の奥の凝りがほぐれていくような気持ちよさ。

頭を空っぽにして湯船に浸かるのなんていつぶりか。

しばらく時間が経《た》ったところで、突然、舞子さんがお湯を手で押し始めたという。

波立つ湯を不思議に見ていた及川さんに、舞子さんが独り言のように言った。

『お湯っておかしいですなぁ。押せばちゃんと跳ね返ってこちらにやってくるのに、引っぱってこようとがんばってもかえって遠くへ行ってしまう』

「その一言が、不意に心を串刺しにしたの」と、及川さんが真剣な目で言った。

自分はとにかく何でもかんでも自分のところに引っ張ってくることしか考えていなかった。実力も、レギュラーの座も、引いて引いて、自分のものにしようとした。

それでは、お湯は逃げてしまうんだ――。

「及川さん――」

「気がついたら、湯船の中で涙が溢れててね。ああ、私はただ焦って空回りしていたんだ。だから苦しかったんだって」

焦り心をやめようと決意した途端、及川さんの中で何かが変わり、甦ってきたのだという。

「何が変わったんですか」

「変化は身近なところから始まったんだ。翌日、朝ご飯を食べていたら、ずっとしゃべっていなかった父親が言ったのよ。『ご飯をちゃんと食べてれば、まあ、安心だ』

って」

その不器用な一言が、さらに及川さんの心を揺さぶった。

『何それ』と口では減らず口を叩きながら、最後はうつむいて涙をごまかしているのを、お母さんに見つかってしまったという。

及川さんが振り返る——。

自分だけでバレーをしているつもりだったのだ。

自分ひとりが努力して、自分ひとりでレギュラーになって、と思っていた。

誰にも頼れず、ひとりぼっちで実力をつけるしかない。

でも、そんなものではなかった。そしてそれではダメだったのだ、と。

女将さんに強引に「平安旅館」に連れてこられるまでの及川さんは、言ってみればぎんぎんに張った弦《げん》みたいだったのだろう。

でも、二泊三日の最終日には、両親とともに笑顔で家路につけるようになった。

「その後、バレーはどうなったんですか」

及川さんがにっこり笑った。

「その後間もなく、レギュラーに復帰できたんだ。何だか嘘みたいに簡単に」

高校生活最後の年も京都府大会二位だったけど、心の中は今までで一番楽しかった
——そう言って及川さんは話を締めくくった。

及川さんの話を聞きながら、私はぼろぼろと泣いていた。

「ううっ……及川さん、いい話ですね」

涙が次々にこぼれて、もうきっとお化粧なんてぜんぶ落ちてる。朝だっていうのにすごい嫌だ。舌打ちとため息を大きくついた真人がティッシュをくれた。

でも、及川さん、すごくよかったと思う。

及川さんがお茶をひと口飲んで続けた。

「もう大丈夫だってそのときは思った。実際、大丈夫だったしね」

「高校卒業後はどうされたんですか」

「普通に受験して大学へ進学したよ。部活はもちろんバレーボール部。最終的に副キャプテンやらせてもらった」

「すっごーい」

私は素直にそう思ったのだけど、及川さんは首を横に振った。

「大学時代の部活の監督は全日本経験者でね。女の人なんだけど、めちゃくちゃ厳しかったの。一度も褒め言葉なんて聞いたことない」

「うわー……」私にはちょっと無理かもしれない。

「ふふ。彩夢ちゃんはいかにも文化系っぽいもんね」

「は、はあ……」としか言いようがない。「志保さんは見るからに体育会系で鍛えてきましたっていうカッコよさがすごいですよね」

「あはは。やっぱりそうなのかなぁ。後輩の女の子から、よくバレンタインチョコはもらったよ」

下の名前で呼ばれたから、勢いで私も呼んでみたけど、及川さん、もとい志保さんは特に気にしている様子はなかった。これも体育会系のノリなのだろうか。

向こうで子供がはしゃぐ声がした。さっきの家族連れだろうか。

「さっきの紙飛行機だって、すぐにジャンプして取ってあげて、すごく格好よかったです」

「ありがとう。でもね、全盛期と比べたら全然」

志保さんの言葉に、苦いものが混じっていた。

「全盛期……」

「大学四年の引退試合の直前に怪我しちゃって……バレーボール、できなくなっちゃったんだ」

志保さんの声が湿っていた。

「できなくなった、って」

私は馬鹿みたいに志保さんの言っていることを繰り返すだけだった。

「本当は実業団バレーからも声がかかって、就職先も決まってたんだけどね。へへへ。怪我してぜんぶダメになっちゃった」

涙をごまかすように、志保さんが無理やり笑ってみせている。

志保さんが笑おうとするほどに、私のほうが胸が痛くなる。

私だったらつらすぎるから。

中学時代から大学時代まで、ずっとずっと真剣にやってきて。

つらいこともいっぱいあったけど、その何倍も何十倍もきっと楽しいことを経験してきたはずなのに。

これから先もその道で生きていこう、生きていけるって思っていた道が、怪我のひとつで潰れてしまったなんて……。

いくら泣いても泣いても、気持ちに整理がつかないと思う。

「おい、巫女見習い。涙」と、真人のいらいらしたような声で、自分が泣いていたことに気づいた。「あと鼻もかんどけ」一言多い。

志保さんもハンカチを口の辺りに当てている。

「運動がぜんぶダメってわけじゃないのよ。バレーだって楽しみでやるくらいなら大丈夫。でも、もう一線の選手として実業団とかで戦うのは、無理。へへへ。ごめんね。

何か変な話になっちゃって」

「そんなこと、ないです」

真人が頭をかきながら口を挟んできた。

「就職とやらはそのあとどうしたんだ。仕事というのをしないと人間世界では生きていけないんだろ」

何て聞き方をするんだ、この人は。

「ふふふ。蒼井さんはおかしなしゃべり方をするのね。……いまは京都市内の別の小さな会社の経理をやっているわ。でも……どうしても胸の奥に棘《とげ》みたいに引っかかっていて。怪我さえなければ、あの日の練習で違う動きをしていれば、そもそもあの日練習に出なければばって、そんなことがどうしても頭から離れないの」

「それがおまえの『訳あり』ってわけか――ぐっ……」

無礼な真人に肘鉄を食らわす。しかし、志保さんは苦笑するだけ。

「たぶん、そうなんだと思う。……私、変わりたいんだよね」

その気持ち、よく分かる。

私も、こんな自分から変わりたいと思ってるから。

仕事も恋もこんなな自分から変わりたいんだもの。

真人が肘鉄のあとを軽くさすっている。

「何で変わらないんだ」

「え？」

「だから、何で変わらないんだ？」

思わず耳を疑った。

「ちょっと、真人。人間、そんな簡単なものじゃないんだから」

真人がつまらなそうに頭をかいている。

「簡単だろ。まず髪型を変える。その髪を短く切ってみたらどうだ。あんたは眼鏡をかけているから、それもコンタクトにする。普段買わない服を買ってみる。行ったことがない店で食事をしてみる。あとは言葉だな。積極的で前向きな言葉を選んで使ってみろ」

「あのね、そういう問題じゃないの」

「じゃあ、どういう問題なんだよ。他にどうやったら変われるんだ？　俺たちみたいな存在は瞑想《めいそう》の中で自分自身の心を変えていくことができるが、おまえらはそういうことには不慣れだろ？」

言い返そうとした私を、志保さんが止めた。

「行動を変えることで心も変わってくるっていうアレでしょ。いろいろやってみたのよ。もともとコンタクトだったのを眼鏡に変えたし。あと、瞑想セミナーとかも行ったことはあるよ」

でもね、と志保さんが涙で濡れたレンズを拭くために眼鏡を外して、付け加える。

「何に変わりたいのか、どんなふうに変わりたいのか、最近分かんなくなってきちゃって……」

志保さんの苦しさが痛いほど伝わってくる。

どこへ行ったらいいのか、何をしたらいいのか。

どうしたらこの気持ちから抜け出せるのか、私だって分からないから。

子供たちの無邪気な声がまた聞こえてきた。

真人はそちらのほうに顔を向けて、ただ退屈そうにしていた。

その翌朝だった。

今日の朝ご飯は焼鮭。何となく藤尾先輩を思い出す。甘い玉子焼きもなぜか遠い日の匂いがした。

そばにはいつもの表情で真人が朝ご飯を食べている。この人、まかない料理はうまいけど、そうした料理にまつわる思い出だとか、人間的な感性というものはあるのだろうか。そんなこと言っても無理か。何しろ人間ではなくて、神様見習いなんだから。

そんな感性があれば、昨日の志保さんへのあの言い方はなかっただろう。だからこそ、女将の舞子さんは私を巫女見習いとして、あの人につけている訳なのだろうけど。前途は多難です。

何せ、私自身だって、自分の人生だけで手一杯なのに……。大宴会場で朝ご飯を食べていたら、志保さんがやってきた。

「昨日は話を聞いてもらってありがとう。今日って、時間空いてる？」

もともと予定のない旅。時間はたっぷりある。

「はい、大丈夫です」

志保さんも私たちのそばで朝ご飯を食べ始めた。お味噌汁をすすって、ひと息ついてから志保さんが話し始める。

「今日の午後、私が就職内定していた実業団の試合があるんだ。一緒に見に行かない？」

「今日……あ、そうか。今日は日曜日か。でも、志保さん、その実業団の試合を見に行くって――」

怪我で自分が歩めなかった道を見に行く。そんなの、自分の心を自分で傷つけるだけではないのだろうか。

私の気持ちが伝わったのか、志保さんが、ふっと笑った。

「昨日、蒼井さんに言われて私も考えたのよ。ちゃんと心の中で踏ん切りをつけなきゃいけないなって」

真人がお茶でご飯を流し込んでいる。こちらを見てはいないが、雰囲気がどや顔でうるさい。

「自分が所属していないチームの試合なのに、よく今日の試合を知ってたな」

「大学時代の一年後輩の子が、そこに所属しているの。仲がよかった子だから、メールはいまでもしていて」

志保さんがすっきりした顔をしていた。

何か言いたそうにしていたが、真人は口に出しては何も言わないでいる。


試合会場は京都市内の大きな体育館だった。

お客さんもかなり入っている。

スポーツ観戦の経験に乏しいので、どこを重点的に見たらいいのか分からない。でも、会場に響く音の迫力に、まず圧倒された。

サーブ、レシーブやアタックのたびに鈍い音がして、会場をびしびし震わせる。スターティングメンバーのかけ声、チームメイトの応援の声。そのひとつひとつが、皮膚を越えて身体中に食い込んでくる。

熱い――。

志保さんの後輩のいる実業団の強さは圧倒的だった。特に、まだ若いけどひときわ声が出ているショートヘアの選手がいて、その動きは、素人《しろうと》の私から見てもずば抜けていた。

試合自体もすごかったけど、その試合を見つめる志保さんはもっとすごかった。見つめるなんて言葉では生ぬるい。目で、身体で、心で、食い入るように試合を観戦していた。ときどき頷いたり、逆に舌打ちしたりする。旅館でにこやかにおしゃべりしていたときの志保さんとは別人みたいだった。

ただのきれいな眼鏡美人ではない。鬼気迫る、という言葉が頭に浮かんだ。

休憩時間になって、やっと息をつけた感じだった。

「バレーの試合って、私、初めて生で見たんですけど、すごいですね」

私の感想に、志保さんも肩の力を抜いて微笑んだ。

眼下に、志保さんがいるはずだったチームがいる。

「テレビで見るのと全然違うでしょ」

「はい。熱気というか、迫力というか、何もかも。中でも、あのショートヘアの選手、すごいですね」

真人は腕組みをしながら仏頂面で黙っている。

「あの子すごいでしょ？　あの子が私の後輩の堂本《どうもと》千草《ちぐさ》」

誇らしげに志保さんが教えてくれた。

その堂本さんは監督の指示を聞きながら、ドリンクを飲んでいる。すごい汗。肩いっぱいまでまくった袖。しなやかそうな身体。誰よりも真剣な眼差《まなざ》しだった。

休憩時間が終わる。「はい！」とチーム六人が声を合わせてコートへ散っていく。

そのあともすごかった。圧倒的だった。

三セットをストレートで取って次の試合に駒を進める。

本当のことを言うと、志保さんに誘われたときには一日中の大会なんて見ていられるだろうかと思ったのだけど、すごく面白かった。

うまい人の試合って、すごくきれい。いつまでも見ていたい。

志保さんがいたのはこんな世界だったんだ——。


大会優勝は、堂本さんのチームだった。

そのすべての試合で堂本さんは活躍していた。

堂本さんたちは満面の笑顔で優勝の表彰を受けて、チームのベンチへ戻ってくる。

それをじっと見ていた志保さんが、小さく告げた。

「ちょっと、行ってくるね」

志保さんが観客席から降りていく。

「あ、志保さん」

どこへ行くかは見当がついていた。

堂本さんのところへ行ったのだろう。

「……俺たちも行ってみよう」と、真人が私の手を引いた。

「え、ちょっとちょっと」

コートへ着いたときには、ちょうど志保さんが堂本さんに軽く手を振って声をかけているところだった。

「千草」

チームメイトと談笑していた堂本さんが、名前を呼ばれて振り返った。

「志保センパイ！」

堂本さんの笑顔がきらめいた。跳ねるようにして志保さんのそばに寄ってくる。志保さんの右手を両手で取って喜ぶ姿は、社会人というより女子高生みたいだった。

「千草、すごかったね。いい試合だったよ」

「志保センパイが来てくれるってメールくれたんで、超がんばりました！　どこで見てくれたんですか!?」

「あそこの辺り。一回戦からずっと見てたよ」

「えー!? 全然気づかなかったです!」

堂本さんがはきはきと答えている。いかにも体育会系といった感じだ。

「あんた、すごいな。俺はルールはさっぱり分からんが、動きにキレがあるのはよく分かった。立派なもんだ」

突然、真人から妙に偉そうな言葉をかけられて、堂本さんがぎょっとした顔になる。

「は、はあ。どうも」

志保さんが、あとをついてきた真人と私を見て、ちょっと吹き出した。

「ふふ。千草、怖がんなくてもいいよ。ふたりとも私の、友達だから」

一瞬空いた間は、私のことではなく、真人のことを友達と呼んでいいか迷ったのだと信じたい。

「あ、どうも。初めまして、天河彩夢です。この人は蒼井真人」

「初めまして。堂本千草です」ちょっとはにかんだように堂本さんが挨拶し、志保さんに振り返った。「おふたりは、志保センパイの会社の方、とか?」

「ううん。そうじゃないんだけどね」

堂本さんがふと眉をひそめた。

「センパイの新しいバレー部の方……って訳でもないですよね」

ちらりと私の体型を確認した堂本さんの視線が痛い。鍛えていない身体で、本当に申し訳ないです。

堂本さんのチームメイトたちがコートから出ていくのを横目に見ながら、志保さんが小さく微笑んだ。

「今日の千草のプレイ、本当にすごかった。大学時代もすごかったけど、ますますごくなってるよね。――おかげで私、吹っ切れた」

「え？」

「私、もうバレーはあきらめる」

途端に、堂本さんの顔色が一変した。

「センパイ、冗談ですよね？　怪我は治って、少しずつ動けるようになったって言ってたじゃないですか」

「千草」

「いまはママさんバレーくらいのサークルがやっとかもだけど、そこで調整して戻ってきてくれるって、私、信じて――」

「千草！　そういうことは言わないで」

志保さんが苦しげに堂本さんを止める。

「志保センパイ、嘘ですよね。私、もう一度、センパイと一緒にバレーがしたいんです。センパイが望むなら、私、いまのチームの監督に交渉しますから――」

志保さんは、優秀な後輩の姿を見て自分の気持ちを整理しようとした。

堂本さんも、志保さんによかれと思っている。

でも、何でこんなにすれ違っちゃってるんだろう。

何で話せば話すほど、ふたりはこんなに苦しげな顔をしているんだろう。

さっきまでの会場の歓声と熱気はまだ心に残っているのに、志保さんと堂本さんの間の空気だけが重い……。


試合会場をあとにして「平安旅館」に戻るまで、志保さんはほとんど口をきかなかった。遠くを見ているような横顔は、私もうかつに話しかけられる雰囲気ではない。

「今日は付きあってくれてありがとう。私、ちょっと部屋に戻って休んでくるね」

と、志保さんは私たちに笑顔を作ってみせた。

志保さん、きっと無理してる。

でも、私には志保さんの背中を見送ることしかできない。

そんな悲しい気持ちになっていた私の襟を、真人が引っ張った。

「おい、巫女見習い」

「きゃっ、何すんのよ」

おかげで、思わず後ろに倒れそうになってしまった。

「さっきの千草っていう女は、何か隠しごとをしているようだな」

「えっ」と、驚いて真人を振り返る。ついでに襟をつまんでいる手を離させる。

真人は思いの外、厳しい顔をしていた。

「千草って奴、嘘の匂いがするんだよ」

「嘘の匂いって何よ」

「嘘をついている奴の心が放つ独特の臭気だ。俺たちのような高貴な魂の存在には極めて敏感に感じ取れる」

相変わらずな物言いである。

「堂本さんの何が嘘だって言うの」

「そんなものは本人じゃないと分からないだろ。ただ、あの女は嘘をついている。初対面でこれだけ匂うということは、相当、心の奥深いところで誰にも見せないように強く強く隠していることだ」

「そんなの私、感じなかったけど」

「おまえは巫女見習いとはいえ低級な魂の状態にあるただの人間だ。俺のような高い魂の境涯から見下ろしているわけではないから、分からなくても仕方がない」

「見下ろしているんじゃなくて、見下《みくだ》しているんじゃないの？」

「ああ？　あとついでにいっておくとな、志保のほうも、ぜんぶを話しているわけじゃないはずだ」

「志保さんまで何か嘘をついているっていうの⁉」

「ぜんぶを話しているわけじゃないって言ったんだ。話さないことと嘘をつくことは違うだろ。頭悪いな、おまえ」

いまのは私の早とちりだったかもしれない。だけど、相変わらず言い方がひどくない？　まったくこの人は本当にどういうつもりなのだろう。

真人のことは横に置いておくとして、志保さんだ。

志保さんが言っていた「変わりたい」という気持ち。

その言葉に嘘はないだろう。私だって変わりたいし。

でも、今日、バレーの試合を見ていて、正確には試合を見ている志保さんの顔を見ていて分かった。

志保さんはバレーボールが本当に好きなんだ。

きっと、この人はバレーボールを捨てることなんてできない。

だって試合を見つめる志保さんの顔は、「あきらめた人の顔」じゃなかったから。

あの顔はまだまだ戦いたい人の顔。

体育会系の部活にいたことがない私でさえそう見えたのだ。志保さん自身だって気づいているに決まっている。だからこそ、後輩の堂本さんの言葉に、あれだけ激しく動揺しているのだと思う。

堂本さんのことを、真人は嘘をついていると言っていたけど、私にはそんなふうには見えなかった。もちろん、女同士の友情がそんなに簡単なものではないことは知っている。例えば男が絡んだりしたとき。

でも、そんな関係には見えなかった。少なくとも、志保さんにバレーの世界に戻ってきて欲しいという言葉には、嘘は感じられなかった。

だからこそ、ふたりともあんなにつらそうなんじゃないかな。

隣の真人にそんな人情の機微を分かれというほうが無理、よね。

どうしたらいいのかな……。

「夕食は何かな。ここでの食事も飽きてきたから、今日も何か作るか。おい、巫女見習い。特別におまえの要望を聞いてやってもいいぞ」

相変わらず何て言い草なのだろう。しかし、悔しいことにこの人のまかない料理はおいしいんだよね。私が作る料理より絶対おいしい。不本意だけど。

「……そうだよ。真人のまかない」

私はあることを思いついた。

「どうした。何が食べたいんだ?」

「ねえ、真人。明日、まかないで作って欲しいものがあるんだけど」

真人が怪訝な顔をする。

「明日? 何で明日なんだ」

「今日は志保さん、混乱していると思うから」

真人が眉を寄せてますますいぶかしげな顔つきになった。

「あいつに何を食わせるんだ」

「『新しい自分』へのヒントになるかもしれないって」

「何言ってるんだ。もうその方法なら志保に教えたじゃないか」

「でも、それでうまくいかなかったって。だから、志保さんにはきっと別の方法がいいのよ」

とにかく、真人に作ってもらったほうがいいに決まっているのだ。

「おまえはそう言うが、『新しい自分』なんて、自分で勝手になるものだろ。神様見習いの俺でも、例えばおまえの心を勝手に弄《いじ》ることはできない。人間の心はそれだけ強い強い自治権を神様から与えられているんだ。いまの心はこれまでの自分が作ったもの。明日からの心はこれからの自分が作っていくものだ」

「真人の言っていること、たぶん正論だと思う。ううん、正論。でも、手助けくらいあってもいいとも思うの」

「それで何で俺のまかないなんだよ」

わがままな子供のように口を尖らせている。その真人を見て、私のほうが驚いてしまった。

「え、真人、自分で気づいていないの？」

「何が」

「あなたのまかないを食べたら、みんな幸せな気持ちになってるじゃない」

この「平安旅館」に来た初日に、まず私の空腹を満たしてくれた。あんなおいしい鯛茶漬けはなかった。

まかないハンバーグはずたずたになっていた聡一くん一家の絆《きずな》を、ほんのひとときでも繋ぎ直した。

真人の作ってくれた焼鮭とポテトサラダの燻製は、藤尾先輩との死別で傷ついた水瀬さんの心を慰めてくれた。

それ以外にも、ときどき作ってくれるまかないの数々は、私も、飲んでばかりの文恵さんやその他のお客さんも、みんな、楽しみにしている。旅館のご飯がおいしくないなんてことはないのだけど、真人のまかないはとてもおいしいだけでなく、食べると幸せな気持ちになるから。

だから、志保さんのために作ってあげれば、志保さんの心にきっと何か届くはず。

そう思ったのだけど、この人、まさかの無自覚？

私と真人はお互いに呆気にとられたように顔を見あっていたが、やがて真人の顔が赤くなった。

「お、俺は神様見習いだからな。俺の作る料理が尊いものであることは当然だ。うん。普通なら人間が食べることなんてできないわけだからな。うん」

何だか口もとがにょによしている。照れているのかしら。へえ。こんな顔もするんだ。

「せっかくやさかい、真人さんのそのおいしいお料理、明日、及川様に食べさしてあげたらどうですかなあ。及川様のお友達も一緒に呼んで」

と、突然、舞子さんに話しかけられて真人がびくついた。

「げ、舞子さん、いつから」と、真人がうろたえていた。

「及川様がひとりでお部屋に向かわれたすぐあとくらいからかしらね。ふたりとも声が大きいさかい」

顔が熱くなった。そんなに声が大きかっただろうか。

「志保はここに泊まっているから、俺がまかないを出してもいいけど、何でその友達にまで食わせないといけないんだよ」

真人も顔を赤くして、舞子さんに文句を言った。

「さっきのふたりの話を聞いていたらそう思っただけやけど。まあ、あとは点数？」

舞子さんがにっこり微笑むと、真人がいやあな顔をした。


翌日、志保さんには、バレーボールの試合に連れていってもらったお礼ということで、夕食を真人の特別メニューにする話はすんなり通った。志保さんも、これまで何度か真人のまかないを食べたことがあるからだろう。

それよりも、昨日と比べて冷静で落ち着いている感じだったので、安心する。

堂本さんをこの旅館に呼ぶことについて何か言われるかもと思ったけど、逆に、志保さんが積極的に堂本さんに連絡を取ってくれて、予定まで確認してくれた。

「千草、仕事のあとに練習があるけど、そのあとでよければ大丈夫だって」

「昨日、大会で優勝したのにもう練習なんですか」

「一日身体を動かさなかっただけで、人間、随分動けなくなっちゃうんだよ」

練習が終わるのは午後七時すぎ。堂本さんをお誘いするのは舞子さんの提案でもあったので、練習が終わる頃を見計らって佐多さんが車を出してくれることになった。

乗り込むのは、志保さんと私。真人は旅館に残って私がお願いした料理を作ってくれることになっている。

堂本さんの練習場所は勤め先に併設されている体育館だそうだ。やはり実業団の強豪チームだけある。場所は上鳥羽口《かみとばぐち》駅から少し離れたところにあった。

すっかり夜になっている。隣の事務所のほうは半分くらい灯りが消えていたが、体育館は上のほうの窓から光が皓々《こうこう》と漏れていた。

車を降りて近くへ歩いていくと、バレーボールがフロアを強く打つ音や練習の気合いの声が聞こえてくる。何だか中学高校時代みたいで懐かしい感じだ。

中に入って待ってていいとのことだったので、志保さんと佐多さん、私の三人で邪魔にならないように静かに入る。

「お邪魔しまーす……」

照明が眩《まぶ》しい。他にも練習を見ている人が数人いたので、ちょっとほっとした。

堂本さんはすぐに見つけられる。今日も誰よりも汗を流して、声を出していた。

私たちに気づいたのか、堂本さんがちらりとこちらを見る。

志保さんは、先日よりも穏やかな目つきで練習を見ていた。

練習を見ていた男性たちは、時折、笑い声を上げている。

しばらくして、練習が終わった。

「ありがとうございました！」

元気のいい声が体育館に響く。みんなで一斉に手分けしてあと片づけやフロアの掃除が始まった。

その中から堂本さんが抜けて、こちらへ小走りにやってくる。

「志保センパイ、天河さん、お待たせしちゃってすみません」

汗をいっぱいかいた顔も清々しい。

「ううん。そんなことないよ」

「すぐ着替えてきます。片づけは、理由を話して抜けさせてもらいましたから」

堂本さんはそう言って、今度は見学していた男性のほうに向き直った。

「お疲れ様です、課長」

思わずその男性たちのほうに振り返ってしまった。バレー関係者ではなく、会社関係の方だったのか。

「いや、大阪から転勤してきたばっかりで、まだ練習も見てなかったから、見させてもらったで。部下の仕事はちゃんと見とかんとな。昨日は大会優勝して、今日もこれだけ練習って、大変やね」

「いえ、そんなことないです」

「ははは。堂本さんはうちのエースやからな。がんばってな」

「ありがとうございます」

堂本さんが恐縮している。志保さんの手前、気になるのかもしれない。

課長がこちらをちらりと見た。

「あそこの女の子ふたりは、堂本さんのお知り合い？」

「はい。これから約束しています」

「そう。――そこの背のおっきい眼鏡の姉ちゃんも、バレーやらんの？」

後半は私たち、というより志保さんに向けての言葉だった。

愛想笑いを浮かべた志保さんが、うつむきながら小声で答える。

「いえ、私はバレーは……」

「そうかぁ？　背ぇ高いからきっとできると思うで。そうやなかったら、その背の高さ、宝の持ち腐れやろ」

志保さんが眼鏡を直しながら苦笑いを浮かべ、「ええ」と曖昧に頷いている。

「何やったらうちのエースに教えてもろたらええがな。ははは」

課長さんには悪気はないのかもしれない。大阪から転勤してきたと言っていたから、事情も知らないのだろうし、関西流の冗談のつもりなのかも。

しかし、その言葉に傷つく人の心もある。

志保さんが唇を噛んでいた。

何とかしなければと思ったときだった。

「――謝れ」

地の底から響くような低い声がした。

課長さんたちがその声のするほうに振り向く。

「あ？」

押し殺した怒りの声の主は、堂本さんだった。

「課長、謝ってください」

「どうしたんや、堂本さん」

「いいから、センパイに謝れって言ってんです！」

堂本さんの怒鳴り声が体育館中に響いた。あと片づけしていたチームメイトが手を止めてこちらを振り返る。

激怒の表情で課長さんのほうに踏み出そうとした堂本さんを、志保さんが押さえる。

「千草、やめて」

「やめません！」

課長さんと一緒に来ていた他の男性社員がなだめようとした。

「何をそんなにかりかりしているんや。ほんの冗談やろ」

「センパイはな！　私なんかよりすごいバレー選手だったんだ！　アタックもレシー

ブも、サーブもトスも、誰よりもきれいで、誰よりも強くて、人を感動させるプレイができる人なんだ！」

「千草、もういいから」

志保さんの腕を振り切るほどに堂本さんがもがいた。

「センパイは本物のバレーの天才で、あたしの理想の選手だったんだ……っ。――あの怪我さえなければ……」

堂本さんが悔しげに顔を歪めて泣いていた。泣きながら、声を絞り出している。

「事情があったみたいやな。すまんかったな。あと、堂本さんも課長に謝っとき」

傍らの男性の言葉に堂本さんが怒りを再燃させた。

「何であたしが謝るんですか！　謝るのはそっちだって言ってんですよ！」

「そう言うてもやね、課長を怒鳴りつけるって、そらまずいわ」

「関係ないですよ。課長のほうが手をついて土下座して謝ってください！」

激高している堂本さんが止まらない。

「何や、ヒステリーな女やな。自分、会社の中でそないな態度取って、無事ですむ思てるんか」

「そのときはチームメイト全員引き連れて辞めてやりますよ！　その前に、人事に、新しく来た課長はあたしたちの練習をじろじろ見てセクハラした上、パワハラまでしてきたって訴えてやるんだから！」

　加速する一方の言い合いに、志保さんだけではなく、佐多さんと私も本格的に止めに入る。

　言い合いが、もみ合いになろうとしていた。

「もうやめましょう」

「とりあえず、落ち着きましょう、堂本さん」

「千草、ほんとにお願い。もうやめて——あっ」

　気がついたときには、志保さんが眼鏡を落としてかがみ込んでいた。

「センパイ!?　怪我したところ——」

「大丈夫、バランスを崩しただけだから」

　右膝を押さえて苦しむ志保さんを見て、堂本さんの顔が真っ青になる。

　何かの拍子で課長さんの足が志保さんの膝に当たったのだろう。

　普通であれば問題なかったかもしれないが、現役時代に故障している志保さんの膝には強い痛みだったようだ。

　堂本さんが課長さんに掴みかかろうとするのを、佐多さんが止める。

「この辺でやめましょう。あなたの手はケンカするためのものではない」

「だって、あいつが」

「今日は皆さんでおいしい夕食を食べましょうって、及川様がお誘いしているのですから」

まだ何か言いたげだったが、堂本さんは軽く一礼して着替えに向かった。


志保さんは少し足を痛めたけれども、大事にはいたらなかった。

旅館に着いて、小宴会場へ向かう間も堂本さんは志保さんにずっとついている。

「志保センパイ、うちの会社の者が、ほんとすみませんでした」

「大丈夫よ。ちょっと足もとがぐらついたくらいだし、眼鏡も無事だし」

「肩、貸しましょうか」

「ふふ。大げさだって。でも、千草が怪我をしなくてよかったよ」

「………」

堂本さんは何も答えなかった。

小宴会場に着くと、佐多さんが厨房で準備しているはずの真人に声をかけに行った。

残されたのは、志保さんと堂本さん、それに私。

堂本さんはうつむいている。

志保さんは私と目が合うと、ごめんねという顔をした。私は曖昧に頭を下げる。

こういとき、コミュ力に優れた人なら、場の空気をいい意味で読まないで話題を提供できたりするのだろうけど、私には荷が勝ちすぎる。何とかしたいとは思うのだけど……。

「さっき千草、私のこと天才とか言ってたけど」と志保さんが微笑んでいる。「天才なんて持ち上げすぎ。千草のほうがすごいじゃない」

「そんなことないです。センパイは天才です。もう一度、一緒にプレイしたいです」

「そう言ってくれるのはうれしいけど、でもいま見たでしょ。不意に何かが当たるだけですぐに膝が耐えられない。もうこれじゃバレーは無理。だから――」

言いながら志保さんがどんどん苦しそうな顔になっていく。聞いている堂本さんもつらそうだ。

そのとき、無作法に大きな音を立てて入り口の扉が開いた。

「夕食だぞ。メニューはそこの巫女見習いが考えたものだから取り合わせはいまいちかも知れない。だが、俺が作ったから味は保証する。じゃんじゃん食ってくれ」

真人が大声で入ってくる。志保さんも堂本さんもびっくりして、さっきまでの空気はどこかへ行ってしまった。偉いぞ、真人。いつもなら物言いにもう少し気を使って欲しいと心の中で文句を言うけど、いまは許す。真人は何も考えてないだろうけど。

真人と美衣さん、それに佐多さんまでお料理を運んできてくれた。普段の旅館の夕食時間から見ればだいぶ遅いから、おなかをすかせているのではないかと気を使って、急いで運んでくれたようだった。

醤油の香りがぷうんと鼻をついた。

誰かのおなかが鳴った。

「ああ、おいしそう」

志保さんが料理を見て笑顔になった。

味の染みた牛バラ肉がたっぷりで、醤油が染みていい色になったじゃがいももごろごろとよそわれている。

煮汁の旨味をしっかり吸い込んだ玉ねぎと白滝《しらたき》が柔らかく器を飾っていた。

そこににんじんの赤といんげんの緑がアクセントになっている。

今日、私が真人にお願いして作ってもらったのは、肉じゃがだった。

ご飯にお味噌汁、お新香が一緒に並べられる。

志保さんと堂本さん、佐多さんと私、それに真人の五人で座卓を囲んだ。

「えっと、先日は、生まれて初めてバレーの試合を生で間近で見ました。すごかったです。そのお礼を兼ねて、志保さんと堂本さんにご飯を食べていただきたいなって思って、考えました。——いただきます」

みんなも「いただきます」と手を合わせて食べ始める。

家庭的なほっとする味だけど、とてもそのレベルで語れるものではなかった。

じゃがいもを口に入れるとほくほくの食感と甘味、煮汁の旨味が口の中で溶けて広がる。

牛肉は柔らかく、肉の旨味が噛むほどに溢れ出した。ご飯とともに口に入れると牛肉の味がくっきり分かり、しかも米の甘味と調和する。

牛肉と一緒に食べる玉ねぎの甘さ、白滝の歯ごたえのおいしさ。

にんじんは十分柔らかく煮込まれていて、しっとりしている。

いんげんの香りが、ともすればしつこくなりがちな肉じゃがを、さっぱりさせてくれていた。

ごく普通の材料、それもまかないだから、どちらかと言えば厨房の余り物が材料のはずなのに、何でこうもおいしいのだろう。

もりもりとご飯を食べながら、堂本さんが目を丸くしている。

「めちゃくちゃおいしいですね。センパイ、宿泊中は毎日こんなにおいしいもの食べてるんですか」

「普段のお食事もおいしいけど、今日はこちらの真人さん特別料理よ。ふふふ。こんなふうにおいしい肉じゃがが作れる奥さんになれたらいいなぁ」

志保さんが冗談めかして言いながら、じゃがいもを口に運んでいた。

少しして、美衣さんがまた別の料理を持って小宴会場に入ってくる。

「お待たせしました」洋風のこってりした香りがした。「ビーフシチューです」

和風の食事とばかり思っていた志保さんと堂本さんが、驚いた顔をしている。

その間に美衣さんが熱々のビーフシチューを各人の前に並べた。厚めにスライスしたバゲットも用意されている。

こってりした茶色のデミグラスソースで煮込まれた牛肉は、スプーンでも崩れるほどに柔らかい。

口に入れると、ほろほろと肉の繊維がほどけていった。

しかし、その代わりに圧倒的な旨味、香りが口腔《こうくう》を満たす。

シチューの中にはじゃがいもとにんじんと玉ねぎ。さらに彩りでいんげんが乗っている。

じゃがいもは、スプーンで割るとかすかに黄色みを帯びた白い色が目に飛び込んできた。シチューと一緒に食べるとほくほくの食感が混ざり、また別の味になる。

シチューの色に染まらないにんじんやいんげんの、野菜特有の甘さが心地よい。

志保さんがにこにことシチューを食べている。

「このビーフシチューも最高。久しぶりに食べるパンもおいしい」

「センパイ、ご飯にちょっとかけてもおいしいですよ」

「うん。そういう食べ方もいいね」

「ビーフシチューっていいですよね。洋食屋さんでも高いし、何かこう、豪華な食べ物って感じがして」

最初、ご飯とお味噌汁にお新香で、メインが肉じゃがだけで寂しかった食卓が、一気に賑やかになってきた。

真人も自分の作った料理を確認するように頷きながら食べていたが、

「うまいか」

「はい、おいしいです」

と、堂本さんが答えると、真人はうれしそうにした。

「それはよかった。でもな、最初の肉じゃがとこのビーフシチューって、双子みたいな料理なんだよ」

真人の言葉に志保さんと堂本さんが箸を止める。

「双子の料理、ですか」

「あ、センパイ、このふたつの料理、使われている食材がほとんど一緒ですよ」

堂本さんの言うとおりだった。どちらの料理も牛肉とじゃがいも、玉ねぎ、にんじん、いんげんが使われている。肉じゃがには白滝があるのが唯一の違いだ。

この食材の内容は、私が真人にお願いしたものだった。

「おお、いいところまで行っている。いまから百年以上前の話だけど、日露戦争で活躍した東郷平八郎《とうごうへいはちろう》って、おまえら分かるか」

志保さんが堂本さんと顔を見合わせた。

「えっと、名前くらいは」

「同じく……」

真人が大仰にため息をつく。

「日本海海戦でロシアのバルチック艦隊を打ち破った戦艦三笠《みかさ》の艦長だ。東京の原宿《はらじゅく》には東郷神社もある」

「あのね、真人、女子一般にそのレベルを求めないで」とツッコんでおく。

「おまえは知っていたじゃないか」

「私は——いいのよ」マニアックで悪かったわね。

「とにかく偉い方なんですね」と堂本さんがさっぱりとまとめた。

「まあ、いい。たしかに、とにかく偉い方だ。その東郷平八郎がイギリス留学したときにビーフシチューを気に入って、日本に戻ってきてからも作らせようとした。だけど、デミグラスソースやワインが手に入らず、醤油やみりんを使ってそれっぽく作って代わりにできたのが、こっちの料理——肉じゃがだといわれている」

「えー？　本当ですか⁉」

堂本さんに聞き返されて、真人は肩をすくめた。

「実際には東郷平八郎が初めて司令長官として赴任した京都の舞鶴《まいづる》が、町おこしのために宣伝しているだけとも言われる。俺自身は、肉じゃがは、ビーフシチューではなく、デミグラスソースを使わないアイリッシュシチューのほうにむしろ近い印象を持ってはいるがな」

種を明かせば、この話は私が真人に教えてあげたものだ。

でも、真人のほうが話をうまくできるだろうと思ったので、話してもらっている。

「なーんだ。びっくりした」と堂本さんが苦笑いする。

しかし、真人は真剣な顔でこう言った。

「だけど、それだけの話ができるほどのポピュラーな肉じゃがと、洋食屋で高い値段がつくことが多いビーフシチューのふたつの料理が似通《にかよ》っていて、材料の段階ではどちらにでもなれることは事実だ」

「たしかに――」

「さあ、おまえらは、どっちがい、い、い、い？」

真人が両手を開いてふたつの料理を指す。私もじっと志保さんたちを見つめた。

「私は――」と、堂本さんが目線を落としながら答えた。「ただの肉じゃがです。そんな逸話もできない、どこにでもある家の肉じゃが。ビーフシチューになりたかったけど、材料が足りなかった肉じゃがです」

「何言ってんの、千草」

と、笑い飛ばそうとした志保さんに、またしても堂本さんが訴える。

「私、志保センパイが憧れでした。センパイこそ、材料がぜんぶ揃った最強のビーフシチューです。私がいまのところに就職して実業団に入ったのも、いつかセンパイが来てくれるんじゃないかって思ったからで――」

志保さんが聞き分けのない妹にするように、堂本さんにひっそり笑いかけた。

「気持ちはうれしいよ。でも、何度も断るのも結構つらいんだよ?」

真人がじっとふたりに視線を注いでいる。

堂本さんの眼差しがせわしなく動いている。呼吸が荒くなる。

何か深いところで堂本さんが葛藤しているようだった。

ふと、真人が話した「嘘をついている」という言葉が思い出される。

そのときだった。堂本さんが怖いほど平坦な声を発した。

「……大学時代の監督、覚えていますか」

「ええ。全日本経験者でめちゃくちゃ怖かった」

堂本さんが息を深くついた。声が震えている。

「あの監督、誰のことも褒めませんでしたけど……志保センパイのことだけは褒めてたんですよ」

志保さんが絶句した。その顔が驚愕《きょうがく》に歪む。

何度か声に出そうとして失敗し、やっと言葉にした。

「嘘でしょ」

「嘘じゃないです」と、堂本さんが即座に否定した。「たった一回ですけど、練習後の片づけのとき、監督は私にだけ、センパイのことを名指しで褒めたんです。『及川志保は天才だ。バレーで人を感動させられる選手だ』って——」

「——そんなこと、知らなかった」

突然、志保さんが泣き崩れた。

「志保さん!?」

ハンカチを出す暇もない。

感情が決壊し、号泣していた。

志保さんは眼鏡を外し、頭を抱えて泣いている。

「どうして……どうしていまなの？　どうして——」髪をかきむしり、言葉を絞り出す。「現役時代にその言葉を聞いていれば、私はもっとがんばれた……っ」

志保さんが激しい感情のままに涙を流し続ける。

だが、現実には堂本さんは大学時代に、その監督の言葉を志保さんには伝えていなかったのだ。

「だって、そんなこと言えないじゃないですか」堂本さんも激しく声を震わせていた。

「センパイは私の憧れですけど……ライバルなんですから」

みんながレギュラーの座を目指してしのぎを削っているとき、そんな褒め言葉を聞いたらどうなるか。

ほんの一言の褒め言葉が、志保さんの力をどれだけ伸ばしてしまうか。

その威力を堂本さんは知っていた。たった一言がどれだけ選手の励みになり、力を伸ばすかを。

堂本さん自身が、その一言を欲しくて欲しくて——。

だから、志保さんに伝えなかった。伝えられなかった……。

「千草……」

「ごめんなさい、志保センパイ。ごめんなさい——私があのとき、監督の言葉を伝えていたら、センパイは無茶な練習を重ねて、身体を壊したりしなかったかもしれない。センパイがバレーできなくなったのは私のせいです。いままでずっと言えなくて。許してくださいなんて言えないけど、ごめんなさい、ごめんなさい——」

泣き崩れた堂本さんが、子供のようにごめんなさいを繰り返していた。

涙で濡れた志保さんの顔に、いろいろな感情が渦巻いている。

死にたくなるほどの悲しみ、震えるほどの怒り、すべてを壊したいほどの絶望、何もかもを投げ捨てたくなるほどのあきらめ――。

志保さんは何度も空気を飲むように喉を動かし、とうとう口にした。

「もう過去のことだよ、千草」

眼鏡をかけ直して無理やり微笑んだ志保さんの目から、また涙の粒がいくつもこぼれた。

「センパイ……」

「あのとき怪我をしなくても、年を取れば身体が動かなくなる日は来る。現役を引退する日は必ず来るんだから、それがちょっと早かっただけだよ」

「…………」

「だから、もう謝んなくていいよ。私、この旅館にいる間に過去の自分と決別して、新しい自分になりたいんだ。だから――」

そのとき、また美衣さんが入ってきた。再び料理が並べられる。今度はひとり二皿ずつだ。

これだけの料理が並ぶから、副菜は何も用意しなかったのだ。

「あんたらふたりとも体育会系とやらなんだから、まだ食えるだろ？」

そう言って真人が、志保さんたちに料理を勧める。

「スパニッシュオムレツと中華春巻きだ。ひと口食ってみろ」

その真人の言葉に操られるように、ふたりともゆっくりとではあったが箸を取った。

どちらも真人渾身《こんしん》のまかないである。

「これは……」

「……どっちもおいしい」

「本当に。スパニッシュオムレツのポテト、しっかり味がしておいしいです」

スパニッシュオムレツの玉子はしっかり火を通してあって、まるでミルフィーユケーキのように美しく仕上がっている。

玉子の優しい味が具材を包み込んでいるのに、嚙みしめるほどに素材ひとつひとつの味が口の中で代わる代わる現れて、とても贅沢《ぜいたく》な気分になる。

中華春巻きはカリッと揚がっていた。

パリパリの食感の春巻きの皮がとても香ばしい。

狐色の春巻きの皮をかじれば、中からじわりと具が溢れてくる。

丁寧に細かく切られた野菜や肉はきちんと味がついていて、何もつけなくてもおいしい。油で揚げているのにすっきりしていて、食が進む。

ゆっくりとスパニッシュオムレツと中華春巻きを食べながら、志保さんたちの気持ちも少し落ち着いてきたようだ。

「このオムレツと春巻き、気づきませんか」

と、私が問いかけると、志保さんと堂本さんが不思議そうな顔をした。

「彩夢ちゃん、このお料理もいわれが何かあるの？」

「普通においしいですけど……」

ふたりに促される視線に、種明かしをした。

「この二品、実はさっきの肉じゃがから作っているんです」

「ええ!?」

「あの肉じゃがが!?　あ、でもこの春巻きのこれ、春雨かと思ってたけど、ひょっとして白滝？」

私は笑顔で頷いた。ひょっとしたらまかないの材料を説明するときの真人ってこんな気分なのかもなと思った。

肉じゃがだけでも十分おいしいのだけど、それを潰したり刻んだり、ちょっと手を加えることで、さらに別のおかずが作れる。

これは私のお母さんがよくやっていたことだ。朝から晩まで働いて、女手ひとつで私を育ててくれたお母さんが得意としていた料理の仕方。我が家での通称「転生料理」なのだ。

「新しい自分になりたい」「でも、バレーボールも好きで仕方がない」――志保さんの中にあるふたつの相反する気持ち。それを私なりに考えていたら、この料理のことを思い出したのだ。

「えっとですね？　西洋のビーフシチューの材料が、日本では肉じゃがになれて、さらに、うちでは翌日にはスパニッシュオムレツとか、春巻きになるんです。でも、だからって、ビーフシチューだけが一番とかじゃないし。肉じゃがが偽物でも、スパニッシュオムレツが嘘でも何でもないって。だって、みんなとってもおいしくて……」

上手に言えない。だんだんしどろもどろになってきた。「――どの料理も私、大好きです」

志保さんたちが私を見つめている。

「確かにどれもうまい。俺が作ったんだし」と、真人が肉じゃがを頬ばっていた。

志保さんと堂本さんは、並べられた料理の数々を眺めていた。

「比べるものじゃ、ないんですね」と、堂本さんが春巻きをかじる。

志保さんが熱い息を漏らして、オムレツをもうひと口食べた。

「食べ物だって、一度調理されておしまいじゃなくて、こんなふうにどんどん変わっていけるんだね」

率先してもりもり食べていた真人が、私が言い切れなかったことを継いでくれる。

「牛肉もじゃがいもも、食材に自分の意志はない。だから、俺たちが料理するときに手を加えてやらないと料理に変わらない。でも、人間には意志がある。与えられた材料でビーフシチューになるのも肉じゃがになるのも、自分の意志で選べるんだろ?」

神様見習いでも、たぶん本物の神様でも、人間の心を勝手に弄《いじ》ることはできない。

真人が以前言ったとおり、「いまの心はこれまでの自分が作ったもの。明日からの心はこれからの自分が作っていくもの」だと思うから。

それはきっと人間だけに許された最高の幸せなんだと思う。

モノを作る喜びよりももっと素敵な、明日の自分を創れる幸せ。

志保さんがまた涙をこぼした。

「……ごめんね、千草」

突然の謝罪の言葉に、堂本さんが驚く。

「センパイ?」

志保さんの涙が深くなる。さっきまでよりも激しく、心の底から溢れてくるように透明な液体が、志保さんの頬を流れていた。

「私、本当のことを言うと……千草に嫉妬してたの」

その言葉に堂本さんが固くなった。

「それって――」

志保さんが震える声で続ける。

「身長もバレーのセンスも、身体能力もぜんぶ千草のほうが上。しかも、愛嬌があって誰とでも仲よくできる。何よりも――バレーがまだできる。本当は私、悔しくて悔しくて。千草が立っているところは、本当は〝私の場所〟だったのにって」

「…………」堂本さんがうつむいていた。

「大学も卒業してバレーもやめたのに、『千草、千草』って呼び捨てにして先輩ぶってただけ。そんな醜い自分の心なんて見たくなくて、目を背けてたの」

そう言って志保さんはまた泣き崩れた。

自分でも見たくない、自分の中の最も見せたくなかったところを吐露した志保さんは、強いと思った。その涙が私には却ってとても美しく感じられた。

「志保さん……」と、私が呼びかけると、志保さんは私に笑顔を見せた。

「彩夢さん、あなたがこの料理で伝えてくれたメッセージはとってもうれしい。人間は変われる、変わっていいんだって」

「はい」

「でも、人間は神様じゃないもんね。じゃがいもはじゃがいも、牛肉は牛肉。それぞれの味がある。だから、いままでの自分を否定して別の自分になろうっていう私は間違ってたんだね」

志保さんが眼鏡を外して涙を拭いながら言った。

自分であることを否定して、新しい自分を目指すのは間違い。自分の人生を抱きしめてこそ、新しい自分になれるんだね、と――。

「そう、思います」

私が意図していたところ以上のところまで、志保さんは掴み取っていた。私のほうが目頭が熱くなってくる。

「あんたさ」と横合いから真人がいつもの調子で志保さんに声をかけた。「バレーが大好きなんだよな」

「え、ええ……」

「俺にはよく分からないけど、自分でバレーのトップを極めたいの？　それともバレーの素晴らしいプレイで人を感動させたいの？」

志保さんが眼鏡を直して不思議そうな顔をする。

「それは……人を感動させるほうを、したい」

真人がふっと微笑んだ。驚くほど優しい顔だった。

「だったらさ、自分でバレーボールをやることが、バレーボールで人を感動させるすべてじゃないんじゃないか」

その言葉がゆっくりと志保さんの全身に沁みていく。

不意に志保さんが声を出して笑った。

「うふふ。ほんと、そうだ。何でそんな簡単なこと、気づかなかったんだろう」

「どういうことですか、志保センパイ」

さっきまでとは別人のような穏やかな顔で、志保さんが教えてくれた。

「バレーボールはチームでやるもの。私にはもうプレイヤーは無理だけど、素晴らしいプレイで人を感動させるチームを作ることなら、まだできるかもしれない。ううん。絶対やりたい」

「センパイ……とっても素晴らしいことだと思います」と堂本さんが口もとを押さえた。目に溜まった涙を堪えて、笑顔を作った。「いま、うちのチーム、コーチがもうひとり欲しいと思っていたんです。センパイ、来てください」

志保さんが心底驚いた顔で堂本さんを見つめた。

「……いいの？」

「はい。もちろんです。――それからあたしのことはいままで通り、『千草』って呼び捨てにしてください」

「――ありがとう」

礼を言う志保さんに、堂本さんが涙の溜まった目ではにかんだ。

「その代わり、『センパイ』ってこれからも呼ばせてください」

堂本さんが両手をついて頭を下げた。その背中に志保さんが優しく手を置いて、さすっている。

「いいよ。でも、コーチになったら、ちゃんとそう呼んでね」

「――はい！　もちろんです」

「じゃあ、今度、千草のチームに挨拶に行かせてくれるかな」

堂本さんが両手をついたまま、腹の底からの声を出した。

「はい。よろしくお願いします！」

「さ、まだ残っているから、ありがたく御馳走になりましょ」

私たちはもう一度、食事の席に戻った。

あれだけ涙を流したから、もうメイクもぜんぶ落ちていたけど、志保さんは心の中の重荷をぜんぶ降ろしたような顔つきだった。

「冷めた肉じゃがも好きなのよね。味が染みてて。いろいろ食べても、肉じゃがに戻る感じで」

私の何気ない言葉に志保さんがちょっと嘆息した。

「――ああ、そうか。彩夢ちゃんの言う通りだ」

「やっぱり、志保さんも肉じゃがが一番好きなんですか」

志保さんが私ににっこり微笑んだ。

「結局、またバレーボールの世界に戻ることになるみたい。やっぱり肉じゃがに戻るみたいに。でも、もう一度、私ここから始める。今日はいっぱい泣いたけど、いっぱい食べて、新しい世界に踏み出してみるね。彩夢ちゃん、真人さん、本当にありがとう」

大好きなバレーボールと新しく関わっていくことを決めた志保さんの笑顔がとても素敵に輝いていた。

ちょっと冷たくなったビーフシチューも肉じゃがも、スパニッシュオムレツも中華春巻きも、まだまだおいしかった。

第四話　ちょっと不格好なおにぎり

志保さんと堂本さんを招いての夕食会から数日が経った。

この間に、家族連れのお客さんが何組か入れ替わり、志保さんも宿を引き払っていた。爽やかな笑顔でキャリーバッグを引いて出ていく志保さんの後ろ姿は、とても素敵に見えた。

志保さんの件はとても身につまされるものだった。

だんだん私がこの旅館で古株になってきてしまったけど、私がこの宿に来た理由が少しずつ見えてきたような気もする。

いままでの自分を否定するのではなく、それを抱きしめて見つかる何か。

それが私にとって何なのか——。

もう少しで何かが見えそうなのだけど、そこに届かないもどかしさを感じていた。

そんなときだった。

夕方になって旅館全体が夕食のために慌ただしい空気になってきた頃、私は玄関ロビーにいた。この時間は、新しい宿泊客の受付も一段落している。ソファに沈んで窓から差し込む西日を眺めるのが最近のお気に入りだった。

週末の旅館はやはりお客さんが多い。

このうち何割かは「訳あり」なお客さんなのだろうか。

その日もそんなふうにゆったりとした時間を過ごしていたら、玄関が開いた。

受付に制服姿で真面目そうな女子高生が歩いてくる。

女子高生が呼び鈴を押した。美衣さんが出てくる。

「いらっしゃいませ。『平安旅館』へ、ようこそお越しくださいました」

少し緊張した面持ちの女子高生が、美衣さんに尋ねる。

「あの、すみません。ここに、大沢文恵という女性はいませんか」

その名前に私はソファから腰を浮かしかけた。大沢文恵といえば、いつもお酒を飲んでいて、いつも顔が赤い文恵さんだ。私が「平安旅館」に来たときにはすでにその状態でこの宿に存在し、ずっとそのまま出来上がっている。ここ伏見は地酒のおいしい場所だからといっては、大宴会場に行けば、だいたい飲んでいた。

文恵さんもひとり旅だ。

これだけ長い時間、顔を合わせているにもかかわらず、私はあまりお酒を飲めないし、この宿に来てからあれやこれやでバタバタしていたため、じっくり話をしたことはなかった。

それに、毎日、お酒を飲んでいるときには、文恵さんはタブレットで何かの動画をずっと見ているので、話しかけるのがためらわれていたせいもある。

「申し訳ございません。お客様の個人情報はお教えできないことになっておりまして……」

美衣さんが女子高生に頭を下げていた。

「お教えできないってことは否定しないってことで、ここにいるってことですか」

女子高生、鋭い。

それにしてもあの女子高生、目もとの辺りが文恵さんに似ている気がする。ひょっとして、娘さんだろうか。あんなに大きな娘さんがいるのかしら。それに、あの文恵さんの娘さんにしてはとても礼儀正しくて、しっかりしている感じがして、にわかには信じがたい。

美衣さんがもう一度、頭を下げた。「申し訳ございません」

女子高生が食い下がろうとしていると、番頭の佐多さんが出てくる。

「お客様、何かございましたでしょうか」

「私、大沢文恵の娘の大沢友紀《ゆき》と言います。うちの母、いませんか?」

気がつけばソファを立ち上がって、受付を見ていた。

その女子高生はリュックを背負ってまっすぐ立っていた。学校帰りにこの旅館に来たみたい。

そんなふうに乗り込んできたのはどうしてだろうと考えて、ある答えが比較的簡単に導き出された。

文恵さん、娘さんに話さないでこの旅館に滞在しているんじゃないか――。

「どうした巫女見習い。目も口も丸くなって埴輪《はにわ》みたいだぞ。それと食っちゃ寝ばかりしてるから最近太ったんじゃないか」

ものすごくカチンとくる。流れるようにこんな毒舌を投げかけるのはひとりしかいない。後半は内心気にしていたことだけに頬がひくついたが、我慢我慢。

真人の毒舌を完全に無視すると、私は受付を小さく指さした。

「あの子、文恵さんの娘さんみたいなの」

「へぇ。あの飲みすけに娘がいたのか。あれは、人間世界ではかわいいという部類に入るのか？」

「かわいいじゃない。あなた、そんなことも分からないの？」

「人間の女には興味ないからな。天女や女神の美しさを見たら分かるさ」

真人と馬鹿なやり取りをしている間、娘さんと佐多さんのやりとりも続いていた。

「うちの母、いるんですよね。部屋はどこですか」

「私どもからは何とも……。娘さんでいらっしゃるのなら、お母様の携帯電話か何かにかけていただいたほうがよろしいかと」

「母のスマートフォンにかけても出てくれないんです」

確定だ。文恵さんはご家族、少なくとも娘さんには内緒でこの旅館に泊まっているらしい。

「おい、巫女見習い。何で佐多さんはあの娘に、あの飲みすけならここにいるんだって教えてやらないんだ」

「よく分からないけど、守秘義務とか個人情報保護とかいろいろあるんじゃないのかな」

あるいはもっと深い意味があるのかもしれない。何しろこの「平安旅館」は「訳あり」のお客さんが自分の抱えている何かを解決するための宿でもある。そのことで、そもそも文恵さんから佐多さんたちが、家族には内緒にしてくれと口止めされているのかもしれない。

「ふーん。くだらない」

真人は興味なさげに呟いた。

だいたいそんなふうな反応をしたあとの真人は、またふらりとどこかへ行ってしまうのが常だ。いまはもう夕食の時間も近いから、気が向けば厨房へまかないの一品を作りに行くのかもしれない。

ところが、その日の真人はまるで違う行動を取った。

真人は厨房のほうへ向かわず、受付に近づいていったのだ。

「あれ？　真人？」

私の声を無視してまっすぐ娘さんに近づいた真人は、佐多さんと押し問答を繰り広げている彼女にこう言ったのだ。

「大沢文恵って人なら、この旅館にいるよ」

急に見知らぬ男の人に話しかけられた娘さんがびっくりしている。しかも、一見すれば細身だけど精悍《せいかん》そうなイケメンである。驚くのも無理はない。

「あなたはどなたですか」

「俺か。蒼井真人。この旅館の関係者だ」

娘さんが番頭の佐多さんを見返す。真人が旅館関係者だということは嘘ではないから、佐多さんとしても、「はい、さようでございます」と頷くしかない。

「そうですか。母がいるって話でしたけど」

「会いたければ会わせてやる。もうすぐ夕食の時間だから、他のお客さんと一緒でたぶん大宴会場だろう。佐多さん、いいだろ?」

その言葉に娘さんが大きく一礼して、歩き出した真人のあとを追った。

そばで佐多さんと美衣さんが戸惑った表情をしていた。

「ちょっと、真人?」

私も慌てて真人と女子高生のあとを追った。

この真人の行動が、これからどれだけの人の人生に大きな影響を与えていくか、まだ私はまったく知らなかった。

連休でもない普通の週末にもかかわらず、大宴会場はとてもお客さんが多かった。私が泊まり始めてから最も人が多いかもしれない。

その中で、文恵さんはすぐに見つかった。

いつものように手酌で日本酒を飲んでいる。

「文恵さん」と真人が近づいて声をかけると、タブレットから顔を上げた。

真人が声をかけたので酒の肴のまかないでももらえると思ったのか、文恵さんは機嫌よくこちらに向き——固まった。

「げっ、友紀ちゃん！」

文恵さんが慌てて立ち上がろうとして尻餅をつく。

「見つけた！　お母さん！」

仁王立ちで睨む友紀ちゃんに周囲のお客さんまで騒然となる。

文恵さんが往生際悪く、大宴会場から逃げようとあがいていた。

「どうしてここが分かったの⁉」

「そんなことはどうでもいいでしょ！　お母さんこそ勝手にいなくなって！」

「別人です！　人違いです！」

「いまさら何言ってるの！　お父さんも心配してるんだから。こら、逃げないで！」

しこたま飲んでいる身体だし、他のお客さんも多い。

すぐに文恵さんは逃亡を断念した。

タブレットを伏せて、正座してうつむいている。

その真正面に制服姿の友紀ちゃんが、同じく正座して厳しく見つめていた。

まるで、悪さをした子供とそれを叱る親だ。完全に親子が逆だったけど。

こうして見比べてみると目もとだけではなく、顔のパーツがやっぱりよく似ている。

親子なんだな。

「……友紀ちゃんも、食べる？　ここの料理、おいしいよ？」

「はあ……」と友紀ちゃんが聞こえるようにため息をついた。「家を出てずっと帰ってこなくてどこに行ったのかと思ったら、何でこんなところでお酒飲んでんのよ」

「ごめんなさい……」

「ごめんなさいじゃなくて。出張だっていうのも嘘だったんでしょ!?」

「えっと、それは――彩夢ちゃん、助けて」

「そこで私ですか!?」

しどろもどろの文恵さん。本人にとっては痛恨事なのだろうけど、いままでずっと、お酒を飲んで上機嫌の彼女しか見ていなかったから、ちょっと面白かった。途中でさらに何度か逃走を試みるし。

ご飯を終えた家族連れが部屋に戻りながら、興味津々でこちらを窺《うかが》っていた。

しかし、娘さんによる尋問は長くは続かなかった。

四度目の逃走を企てた文恵さんの呼吸が荒くなったのだ。

「はあ、はあ。もうダメ――」

かなりの深酒なのに逃亡しようと立ったり座ったりを何度も繰り返したことと、何よりも実の娘からの詰問という精神的プレッシャーのせいで急激に酔いが回ったのか、真っ赤な顔でばったり座卓に突っ伏してしまったのだ。

「お母さんっ!?」

「文恵さん!?」

私たちが慌てて文恵さんを覗き込む。

「大丈夫大丈夫」

そう答えるものの、真っ赤な顔で荒い呼吸ばかり繰り返している。

さすがに佐多さんや美衣さんたちも飛んできた。

「あー」「うー」と繰り返す泥酔者と化した文恵さんを、佐多さんと真人がなだめすかしながら部屋まで運んでいく――。

「すみません、本当にご迷惑をおかけして」と、しきりに友紀ちゃんが頭を下げていた。佐多さんが「いえいえ」と答え、真人が「まったくだ」とつれなく言う。

私も文恵さんのタブレットや手荷物を持って、彼女の部屋にご一緒した。とにかく酔っていない姿を見たことがない文恵さんだ。その部屋についてもある程度の覚悟はしていたのだが、その予想はいい意味で裏切られた。

「きれいな部屋ですね」

思わず声に出てしまって、佐多さんが苦笑していた。

「まあ、毎日、仲居が掃除していますから」

それは私の部屋もそうなのだけど、それでも荷物類が多少は広げられているものだと思っていた。ところが、文恵さんの部屋は何もかもが片づいている。どこもかしこもちりひとつない。

座卓の上の「平安旅館」のパンフレットが中央にきちんと置かれている。

まるで、いま初めて到着したばかりの部屋のようだった。

一緒についてきた美衣さんが手早く布団を敷くと、文恵さんを転がす。文恵さんは相変わらずア行を唸っていたが、程なく規則正しい寝息に変わった。

「ご迷惑おかけしました。本当に、ありがとうございました」

友紀ちゃんの振る舞いに、佐多さんが笑顔を向けた。

「いえ、とんでもないことです。特に具合が悪くなったわけでもなさそうで、よかったですね」

「まあ、大変だな」と、真人が珍しく友紀ちゃんに同情するような口ぶりになった。

美衣さんが仕事に戻り、部屋の中には文恵さん母娘、佐多さん、私、それに真人が残っている。文恵さんは熟睡しているみたいで起きる気配はない。気分が悪くなったときのために、一応、枕元には洗面器を置いてある。

このままここにいてもすることもない。娘の友紀ちゃんにあとは任せて退室しようと真人を突っついたとき、友紀ちゃんのほうから私に話しかけてきた。

「あの、改めまして、私、娘の大沢友紀と申します。先ほど、うちの母がお名前で呼んでいたみたいですけど、母のお友達の方ですか」

「私？　いや、この旅館で知りあったばっかりだけど……」寝ている文恵さんをちらっと見た。心なしか寝苦しそうな顔をしている。「まあ、友達といえば友達、かも。えっと、天河彩夢です」

何でそんなことを言ってしまったのか。でも、これもあとになって思えば、そう答えてよかったと心底思っている。

友紀ちゃんが少し驚いたような顔をして、身体ごと私に向き直った。

「お友達なら、家に戻ってくるように母を説得してくれませんか」

困った。友紀ちゃんの気持ちは分かる。でも、私、そこまで文恵さんと仲よくない。それに……。

友紀ちゃんは知らないだろうけど、きっと文恵さん自身も知らないかもだけど、この旅館は何か「訳あり」のお客さんは、その何かが解決するまでは不思議と逗留《とうりゅう》し続けてしまう不思議な旅館。もちろん、文恵さんが実は「訳あり」ではない可能性もある。でも、これだけ長いこと宿泊していて、しかもその大半を観光よりも飲酒に当てているというのは、どう考えても「訳あり」だろう。

瞳を潤ませている友紀ちゃんを見ていると、心が痛い。

小さい頃、仕事で家を空けているお母さんを待っていたあの寂しさ。誰もいない部屋で「お母さん」と呟く、ひとりぼっちのやるせなさ――。

「私、それほど深い話をしていないから、よかったら教えて欲しいんだけど。文恵さんは――お母さんは、何かおうちに帰らないご事情がおありなのかな」

そばで真人が仏頂面しているが、あの顔は聞き耳を立てているときの顔だ。だいぶ、この人の気持ちも読めるようになってきたかもしれない。

「母は広告代理店で働いているんです。独身の頃からずっと。父もサラリーマンなんですけど、母のほうがむしろ忙しいくらいで。母は、国内にも海外にもよく長期出張して家を空けていたんです」

驚いた。普段飲んでばかりの文恵さんからは想像もつかないキャリアぶりだ。

「すごいんだね」

「全然すごくないです」と友紀ちゃんが厳しく言い切る。「長期出張が連続するようなこともしょっちゅうで。出張から帰っても、休みなしですぐにまた仕事仕事――」

友紀ちゃんの話によると、最近も少し前に海外出張で一カ月家を空けたあと、翌日からすぐに長期で国内出張に出かけたらしい。

「ものすごく忙しいんですね」

「私もそう思っていました。でも、今回は違ったんです」

友紀ちゃんがリュックサックの中から、一通の封筒を取り出した。

宛名は「大沢和博《かずひろ》様・友紀様」となっている。これがご主人、つまり友紀ちゃんのお父さんの名前だろう。裏には「大沢文恵」と文恵さんの名前が書いてある。

「これは――?」

「家に急に届いたんです。消印は京都府伏見。話すのが遅くなりましたけど、うちは伏見稲荷駅の近くにあるんです。お母さん、家の近所から何やってんだろうと思ったら――」

友紀ちゃんが封筒の中身を取り出した。

ひと目で役所の書類と分かる紙には、大沢さんの署名と押印がされている。

「離婚届」だった。


しばらく、声が出なかった。

離婚届の薄い紙と、酔っ払って眠り続けている文恵さんとが全然結びつかない。

文恵さんはいつもお酒を飲んでいたけど、にこにこして機嫌よくおしゃべりしてくれた。真人の作るまかないを酒の肴に、楽しく過ごしていると思ったのに。

こんなものがある日突然、家の近所の消印で送られてきたら、家族は冷静でいられるわけないよ。

ご主人が文恵さんの会社に連絡をしたら長期休暇を取っていたことが分かったという。父娘で手分けをして、消印から近所をあれこれ探し、伏見稲荷大社のそばで似た人を見たという情報を聞いた。そして、「平安旅館」にたどり着いたのだそうだ。

文恵さんは相変わらず寝ている。時間も遅くなったので、佐多さんが家まで送ろうかと友紀ちゃんに言ったが、文恵さんが起きるまで残りたいと首を横に振った。

そうだよね。友紀ちゃんからしたら、またお母さんがどこかへ逃げちゃうんじゃないかって不安だろうし。

結局、友紀ちゃんを通じて佐多さんがご主人に電話し、いつ起きるか分からない文恵さんを待つために、隣の部屋に泊まることになった。友紀ちゃんの宿泊のお金はご主人が払うという。

「本当は一緒の部屋がよかったのでしょうけど、あいにく、このお部屋はおひとり様向けなもので……」

「いえ、こちらこそお世話になります」

友紀ちゃんが手続きのために部屋を出る。

扉が閉まり、スリッパの音が遠ざかっていった。

すっかり静かになったのを確認して、真人が口を開く。

「起きてんだろ、文恵さん」

「え？」と、私が驚いて注目すると、布団で寝ていた文恵さんがぱちりと目を開いた。

「バレてたんだ。真人くん、いつから分かってたの？」

文恵さんが苦笑しながら上体を起こす。その目が真っ赤だ。

「最初っからだ。狸《たぬき》寝入りなんかして、ひどい母親だな」

「ちょっと、真人」

相変わらず言い方に難がある人だ。いつも文恵さんは笑って受け流してくれるけど。

しかし、そのときは違った。

文恵さんの真っ赤な目にみるみる透明な涙が溜まる。唇が激しく震えていた。

「真人くんの言う通りだよ。私は母親失格」

うつむいた拍子に涙が布団に落ちた。

「そんなことないですよ！　お忙しい仕事しながら子育てもがんばってきたんじゃないですか」

文恵さんが涙を拭いながら首を横に振る。

「友紀はあの程度しか話さなかったけど、本当の私はもっとひどいのよ」

「ひどいって――？」

「仕事のためなら家庭のことなんて何にも考えてこなかった。あの子がおなかにできたときにはしくじったって思っちゃったくらいよ？　生まれる前から保育園を入念にチェックして、とにかく仕事を維持することだけを考えていた」

真人が大きくため息をつく。

「何でそんなに仕事に執着したんだ」

「家計を支えるためっていうのもあったけど、そうね、単に仕事が楽しかったのよ。自分の仕掛けた広告で商品が広がっていく姿、関わったイベントがいろんなところに影響するのがたまらなく面白かったの。だから、真人くんの言う通り、執着していたんだと思う。家事もぜんぶ主人任せだった」

「で、そのせいで娘のことをないがしろにしてきた、って?」

文恵さんは頷く代わりにしゃくり上げた。

「友紀の学校行事なんて出た記憶、ほとんどない。あの子が熱を出しても、保育園の頃は私が面倒見たけど、小学生になってからは拝み倒して義理の母に来てもらってた。抜けられない大事なお仕事だからって言ってね」

「それは——」

目の前の文恵さんに対する自分の見方が冷めていくのが分かった。私のお母さんでさえ、私が病気のときにはさすがに仕事を休んでくれたのに。友紀ちゃん、どれほど心細かっただろう——。

真人が首の骨をこきこき鳴らした。

「たしかにそれは、母親失格でいいんじゃないか」

いつになく辛らつな口調だけど、私もどうしていいか分からない。

「やっぱり、そうだよね……」

「はっ、あんた、ここで俺が『そんなことないよ』とか言ってくれるのを期待していたのか。甘いよ。仕事が大事? 現にあんたがここで飲んだくれてても、その仕事とやらは回ってるじゃないか。抜けられない? 本当に抜けられないのは母親としての責任のほうじゃないのか。否、そっちは抜けちゃいけないんじゃないのか?」

「………」

文恵さんが唇を噛んで、じっと真人の言葉を受けていた。

「あんたは結局自分のことしか考えていないんだ。そういう利己主義が人間の魂を低く低く貶《おとし》める。俺が大っ嫌いな人間の典型だ」

真人は、文恵さんを鋭く睨みつけた。しばらく待って何も答えがないと、真人は立ち上がってそのまま部屋を出ていってしまった。

私はといえば、文恵さんのこれまでの行ないを快く思えない気持ちと、真人の一方的な言動をさすがに言いすぎだろうと思う気持ちがせめぎあって、自分の中で整理がまったくつかない。

文恵さんはうつむき、肩を落としていた。

そうこうしているうちに、手続きを終えた友紀ちゃんが帰ってくる。

「お母さん！　大丈夫なの？」

「うん……まあ……」

「ね、帰ろ。お父さんも心配しているんだし」

「………」

「お母さん！」

文恵さんと友紀ちゃんでしばらく押し問答があったけど、結局、友紀ちゃんは文恵さんを説得できなかった。

「やっぱり、私、家にはもう帰れないんだよ」

そう呟く文恵さんは、どっと年を取ったように見えた。


私が文恵さんの部屋を出るとき、友紀ちゃんも一緒に廊下へ出る。

文恵さんと話はできたけど、今日はもう遅いから泊まっていくように私は友紀ちゃんに勧めた。

隣の自分の部屋に入ろうとした友紀ちゃんが、不意に私に尋ねる。

「天河さん」

「何？」

「――私、そんなに母に嫌われているんでしょうか」

友紀ちゃんがぶるぶる震えながら泣いていた。

「そんなことない！　そんなことないよ、友紀ちゃん」

しっかりしているようでまだまだ子供のその肩を抱きしめることしか、私にはできなかった。

その夜、だいぶ遅い時間になって、私は大浴場へ行った。文恵さんや友紀ちゃんのことをあれこれ考えていたらこんな時間になってしまったのだ。

友紀ちゃんは文恵さんのことが大好きなんだ。なのに、何で文恵さんは家に帰らないなんて言うのだろう。

そもそも、どうして文恵さんは出張と嘘をついてまで家を出て、この「平安旅館」に来たのだろう——。

湯気で曇った浴場内には、湯船に湯が注がれる音が響いていた。

誰もいない大浴場で大きく手足を伸ばす。

大きなお風呂は気持ちがいい。

しかし、旅館という性質上、どうしても誰か知らない人と一緒に入浴することが多いため、それだけは少しストレスだった。

だから、いまは湯船を独占できて幸せ。

とはいえ、先ほどまでのことがあって、その気持ちも半分くらいだけど。

急に引き戸を開ける音がして誰かが入ってきた。

ぎょっとなってそちらを見れば、タオルで身体を隠した文恵さんだった。

「あ、文恵さん」

「え、彩夢ちゃん?」

文恵さんのほうも私を見て驚いたようだ。そういえば、いままで文恵さんと一緒の時間にお風呂に入ったことはない。

「いつもこんな遅い時間にお風呂に入っているんですか」

「ええ。ほら、お酒が少しでも抜けないと危ないじゃない?」

「そうですね――」

さっきのいまだ。どんな顔をしていいのだろう。

それは文恵さんも同じなのか、黙ってかけ湯を使っている。

文恵さんがタオルを身体の前面に当てて、湯船へ歩いてきた。

と、そのとき、大浴場の濡れた石床に文恵さんが足を取られる。

「あっ」

幸い、足を滑らせただけだった。

しかし、バランスを崩した拍子に手で押さえていたタオルがずれてしまった。

そのせいで、私は見てしまったのだ。

彼女の白い腹部を縦一文字に走る大きな手術痕を……。

私は何も言わなかったけど、私の目線が物を言っていたようだ。文恵さんがばつが悪そうな笑いになった。

「へへへ。見えちゃったよね」

「あ、はい……」

文恵さんが観念したようにタオルを外し、湯船に浸かった。

透明な湯の中で肉色の術痕が揺らめいている。

見てはいけないように思うのだけど、気になってしまう。

「ひどいでしょ。胆管ガンっていうガンで手術したの」

文恵さんがおどけたように自分のおなかを縦に切る動きをしてみせた。

「ああ、それで……」

「友紀には黙っててね。何も知らないから」

「――えっ？」

「ふふふ。さっき友紀ちゃんが言っていた、最近の国内外の連続した出張、まあ、嘘だってばれちゃったけど、海外に行ってきまーすってキャリーバッグを持って家を出て、実はそのまま入院してこっそり手術」

「えええ!?」驚いて文恵さんの顔をまじまじと見つめてしまった。「何でそんなことしたんですか!?」

お化粧を落とした文恵さんの顔はとても若くてきれいで、友紀ちゃんに瓜《うり》ふたつに思えた。でも、どことなく黄色く見えるのは照明のせいだけじゃなくて、黄疸《おうだん》もあるのかもしれない。

「だるいな、おかしいなと思って診察を受けたときには、ガンだったの。手術をすれば治る段階だからって診断でね。だから夫や娘に心配かけたくないなーって思って、内緒で実家の母に同意書を書いてもらって、こっそりひとりで手術したの」

「そうだったんですか……」

「でもね、ダメだったのよ」

文恵さんが弱々しく微笑んでいた。

「ダメだったって、どういうことですか」

「おなかを開けてみたらね、予想以上にガンが進行していたんだって。見つかりにくいところにいろいろ転移してて、手の施しようがなくて、そのまま何もしないでおなかを閉じたの。私はただ大きな手術痕を残されただけ。やんなっちゃう。どうせ死ぬならきれいな身体で死にたかったわ」

「そんな――死ぬなんて……」

軽々しく言っちゃダメですよと言おうとした私に、文恵さんがたたみかけた。

「あと三カ月なの」

その言葉になぜか私は血の気が引いた。

「え？　何が『三カ月』なんですか」

頭の中でガンガン警報が鳴り響いている。

ダメだ、これを聞いてはいけない。確認しちゃダメだ――。

文恵さんが片目をつぶって告げた。

「私の余命、最長であと三カ月」

あまりにもあっけなく明かされた言葉の意味。

その瞬間、私は震え出した。熱い湯船に浸かっているというのに、全身の震えがひどくなっていく――。

「文恵さん、あなたは――」

「あー、でも正確には『余命四カ月』って言われたのよ？　さすがにショックだったわ。とりあえず電話できるようになったら会社に連絡して仕事を整理して、長期休暇の手続きを取って。退院して一瞬、家に帰って荷物を詰め直して、引き続き国内出張なのと言って、日本全国、死ぬまでに見ておきたいところを見て回ったわ」

「そんな……」

「いや、これも正確には違うわね。自分がここで死にたいって思える場所を探して旅したの。そんなこんなで時間が経っちゃって、残り時間、三カ月」

明るく文恵さんが話すほどに、私の心は暗くなる。

湯で顔を拭う振りをして涙を何度も流した。

しばらくして、湯船に流れ込む湯の音が止まる。

静かになってみて、水の音がこんなにも大きかったのかと驚いた。

「あー、もう日付が変わったのね。午前零時になるとここのお風呂、ボイラーが止まるのよ」

「詳しいんですね」

文恵さんが口もとに笑みを浮かべた。

「日本中、どこに行っても、コレジャナイって気持ちが消えなくって。自分の家がある伏見まで戻ってきたけど、主人や友紀ちゃんの顔を見るのがつらくてさ」

「それで、この『平安旅館』に来たんですか」

「そうそう。たまたま見つけてね。へー、こんなところにこんなお宿があったんだって。泊まってみたら何だか居心地がよくてずるずるとここにいるんだけどね――」

文恵さんが湯船の湯を両手ですくって顔にかける音が、大浴場いっぱいにした。

大浴場から出ると、休憩処の灯りが落ちていた。消灯時間を過ぎているからだと文恵さんは私に説明して、慣れた手つきで勝手に灯りをつけた。

「勝手につけちゃっていいんですか」

「部屋に戻るときに消せばいいのよ。風呂上がりにはビール。外せないじゃない。彩夢ちゃんは飲まないの？」

「私は……」

「つまんないなぁ」

何かもう、とにかくめちゃくちゃだった。文恵さんのほうでは折り合いがついているのかもしれないけど、私の頭はぐちゃぐちゃだ。

最初はただの大酒飲みだと思っていた。

友紀ちゃんの話を聞いたら、家庭を顧みない人だと責める気持ちになった。

しかし、余命三カ月と聞いてしまったいまは、ただ同情することしかできない。

その当の本人は、いつものタブレットを抱えて、風呂上がりのビールをぷしゅーっとやってるけど。

「あの、ビール、やめたほうがいいんじゃないですか」

「飲みすぎは身体によくないって？　そうなんだけどさ、飲んでいれば多少は嫌なことも忘れられるし、たぶんもうじき飲めなくなるんだろうし。それにさ、アルコール消毒とかにならないかなって、馬鹿なことを考えたりするのよ。あははは」

一緒になって笑える気分ではなかった。

「文恵さん」

「なぁに？」

「娘さんとご主人のところへ帰りましょうよ」

文恵さんのビールをあおる手が止まる。のろのろとビール缶を膝の上に降ろした。

「そうできたら、いいんだけどね……」

「何でダメなんですか」

文恵さんが泣いているような笑っているような複雑な顔をした。私の質問には直接答えず、いつも持っているタブレットを私の前に出す。

「私、いつも動画を見ながらお酒を飲んでいるんだけど、こんな動画を見ているんだ」

ロック解除の番号をわざわざ口に出して操作し、文恵さんが動画を再生した。

タブレットいっぱいに動画再生アプリが起動する。

そこに映し出されたのは、生まれたばかりの赤ちゃん。

まだ目も開いていない。本当にお腹から出てきたばかりのようで、髪は濡れ、全身が真っ赤で、高い声で泣いていた。切ったばかりのへその緒を、ガーゼで押さえてある。

画像が少し粗い。テープ録画の動画を取り込んだみたいだ。

『文恵、お疲れ様。ありがとう』という男性の声がした。名前を呼んでいるところをみると、ご主人だろう。

その赤ちゃんを文恵さんが胸もとに抱いた。しばらくあやすと赤ちゃんが泣き止む。

汗まみれでぐったりしながらも笑顔の文恵さんが、赤ちゃんをカメラに向けながら微笑んでいた。

『こんにちは。パパ、初めまして。友紀ちゃんです』

若い母親の、幸せな笑顔だった。

場面が変わる。

家の中、ベビーベッドに寝かされた赤ちゃんがカメラを見ていた。

『あー、あー』

黒目がちのくりくりの瞳、長いまつげ。薄く柔らかい唇を少し開けて、こちらに呼びかけている。歯がまだ生えていない歯茎がかわいらしい。

ピンク色のベビー服に包まれた手足をじたばたさせていた。

『友紀ちゃん、さっき寝返り打ちました。またできるかなー』

文恵さんが呼びかけている。

『あー、おー』

『友紀ちゃん、寝返りできるかなー』

しばらくそんなやり取りがあって、赤ちゃんがころんとうつ伏せになった。がんばって頭を持ち上げるが、まだ重たいのか、がくっと落ちてしまう。

『すごいすごーい。友紀ちゃんてんさーい』

再び場面が変わった。

赤ちゃんが、さっきよりまた大きくなっている。

ベビーベッドの外でちょこんと座っていた。

小さな手でベビーベッドにつかまって、ゆっくりと立ち上がる。

『すごーい、友紀ちゃん、つかまり立ち上手――』

にこにこの友紀ちゃんが片手だけでつかまり、片手をカメラに振っていた。おむつで膨らんだお尻の丸さがまだまだ赤ちゃんだ。

次のシーンは、食卓で赤ちゃん用の椅子に座って手足をばたつかせている。

『ま、ま、まぁま』

『友紀ちゃん、ママって呼んでくれるの?』

『まぁま、まっま』

大喜びで友紀ちゃんが文恵さんのことを呼んでいた。

『友紀ちゃん、パパもいるよー』とご主人の声もする。

『んー、まっま』

『ママじゃないよ、パパだよー。パパのことも呼んでよー』

夫婦の明るい笑い声がする。

その後も、動画は続いた。

ほんの数歩だけ初めて歩いて尻餅をついてしまったこと。

一歳のお誕生日のお祝いなのに眠くなって寝てしまったこと。

幼稚園の制服を着て入園する姿。

お遊戯会でうさぎ役なのか、頭にうさぎのイラストをつけての演技。

初めて赤いランドセルを背負って満面の笑みの友紀ちゃん――。

どれもこれも、友紀ちゃんは笑顔で、それを見守る文恵さんもご主人も笑顔。

かわいくて、まぶしくて、幸せいっぱいの記録だった。

「いつも、友紀ちゃんの動画を見ていたんですか」

言いながら、どうしようもなく涙が流れる。

大切な宝物の笑顔、いつまでも終わって欲しくない時間の中に、文恵さんはずっと浸っていたのだ。

ずっと一緒にいたい、たったひとりの娘だけを想いながら――。

文恵さんの声が激しく揺れる。

「私だって友紀が大好き。ほんとは今すぐ家に帰りたいよ」

「じゃあ、どうしてなんですか――」

「でも、私……もう死んじゃうんだよ」

と、文恵さんが不意に顔を涙でぐしゃぐしゃにしながら訴えた。

「だからこそ――」

という私の言葉を、文恵さんが強く遮る。

「私はこんなにも娘から愛をもらっていたのに、私は何にもできていないの。母親らしいこと何にもしてやれなかったのよ？　そのくせに、死んじゃうところだけあの子の心に残していくなんて――できないじゃない……っ」

文恵さんが両手で顔を覆って身体を折り曲げて、声を上げて泣いていた。

消灯時間を過ぎた休憩処に母親の泣き声がいつ終わるともなく続く。

大好きで大好きでたまらないからこそ、もう会っちゃいけない。

けど、そんなこと、やっぱりできなくて。

友紀ちゃんとご主人のいる伏見まで戻ってきて、でも、怖くて――。

文恵さんはただ動画を通して過ぎ去った日を見つめるしかできなかったのだ。

泣いて泣いて、身体中の水分をぜんぶ涙で流してしまうくらいに泣いて、文恵さんはやっと顔を上げた。

「あーあ、ごめんね。変なところ見せちゃって」

「そんなこと……」

「へへ。ビールもぬるくなっちゃったね」

と、涙を拭った文恵さんが残りのビールを一気にあおった。

私は文恵さんの腕に触れた。

「文恵さんの気持ちも分かりますけど、でも、友紀ちゃんにちゃんと話しましょう」

いやいやをするように文恵さんが首を振った。

「できないよ」

「けど……友紀ちゃんさっき泣いてたんですよ」

「え？」

文恵さんが怖い話を聞いたような顔で私のほうを見る。

「お母さんが家に帰ってこないのは、自分のことが嫌いだからなのかって。そんなに自分のことが嫌いなのかなって、友紀ちゃん、泣いてたんですよ？」

その言葉に文恵さんが真っ青になる。信じられないというふうに、首をがっくり落とした。

「そう。そんなこと言ってたんだ」と、独り言のように呟き、何度も小さく首を横に振っている。「でも、もう少しだけ考えさせて。——だから、彩夢ちゃんも何も言わないでね」

力なくそれだけ言うと、文恵さんが立ち上がった。タブレットを抱え、休憩処を出ていく。その後ろ姿が、そのまま夜の闇に溶けていってしまいそうだった。

私がひとり残って涙を拭っていると、どこかで聞いていたのか真人が代わりにそばに来る。

「なかなか、強情だな」

「……うん」

静まった休憩処に、突然、冷蔵庫のモーター音が鳴りだす。

「あのな……」

「うん」

珍しく真人の口が重かったが、思い切ったように話し出した。

「文恵さんは、おまえが来るよりも前からこの旅館にいるんだけどさ、最初に会ったときに、あの人が病気でもうすぐ死ぬってのは分かってたんだ」

「本当なの？」

神様見習いが嘘なんてつくか、と怒られた。どうやら神通力的なもので分かったらしい。

「けどさ……苦手なんだ、もうすぐ死んでいってしまう人って。見てられないんだ」

真人らしくない意外な台詞《せりふ》だ。

「あなたにも、そういう情があるのね」と言ったら、真人が眉間に皺《しわ》を寄せた。

「死は生まれた瞬間から決まっていて絶対外れない予言。なのに、ほとんどの人間は死の直前まで人生を湯水の如《ごと》く無駄に生きながら、いざとなるとばたばたするんだ。

くだらない」

「……あなたに人の心を求めた私が馬鹿だったわ」

「何を言っているんだ。俺は神様見習いだ」と、真人が休憩処の灯りのスイッチを消しに行く。「嫌いなんだよ、愁嘆場ってヤツは」

よく聞こえなかった最後のほうの言葉を聞き返そうとしたけど、真人は灯りを切ってしまった。


翌朝、文恵さんは友紀ちゃんにこう言ったそうだ。

「ここからどこにも行かない。もう少ししたら理由を話すから、時間を頂戴」

そのあとふたりで話しあった結果、友紀ちゃんも「平安旅館」にしばらく通うことになる。

週末にはご主人も来ていたけど、文恵さんはまだ決心がついていないようだった。

最初は「平安旅館」に来るのに緊張していた友紀ちゃんも、だいぶ慣れてきたようで、佐多さんや美衣さんたちと笑顔でおしゃべりしている。ほとんど顔パスだ。

「ちょっと変わった別居生活ですなぁ」

と、舞子さんは笑っている。舞子さん自身もときどき友紀ちゃんの話し相手になってくれていたから、京都的ないけずの台詞ではない。

事件が起きたのは、金曜日のことだった。

ソメイヨシノは葉桜となって八重桜の季節になっている。

いつものように学校から「平安旅館」へ直行してきた友紀ちゃんが、さらにまっすぐ大宴会場に向かってきた。だいたいどの時間にどこに文恵さんがいるか、友紀ちゃんは把握している。

「おかえり、友紀ちゃん」

「ただいま」

ビールを飲んでいた文恵さんが手を振ると、友紀ちゃんが応える。言葉だけ見ていれば普通の帰宅光景だ。

文恵さんがそっとタブレットの動画を止めていた。

少しずつ関係がよくなっていると思いたいけど、文恵さんには時間がない。

毎度毎度そんなもどかしさを抱いていたのだけど、その日の友紀ちゃんは少し困ったような顔をしていた。

ただいまと言ったきり、文恵さんの横に正座して黙っている。いつもなら教科書を出して、ここで宿題をやり始めるのに。

「友紀ちゃん、元気？」

「え？　ああ、彩夢さん。大丈夫です」

私が声をかけると友紀ちゃんが笑顔で会釈した。

「学校で何かあったりした？」

「えっと、実は今度の日曜日に外部会場で、大学受験対策の模試があって」

ビールを飲みながら聞いていた文恵さんが目を丸くした。

「友紀ちゃんもそんな年になったんだなあ。お母さんも年を取るはずだ」

「で、午前午後またがって試験があるから、お弁当、作って欲しいんだけど。おばあちゃんはその日、用事があるからダメらしくって」

と、友紀ちゃんがうつむきながら文恵さんにお願いする。

文恵さんが途端に変な顔になった。ビールだと思って飲んだものがガムシロップだったような顔だ。

しばらく娘の言葉を飲み下すのに苦労していた文恵さんだったが、のろのろと手荷物を引き寄せた。中から財布を取り出し、千円札を数枚取り出す。

そのお金を友紀ちゃんに渡しながら、文恵さんは申し訳なさそうにした。

「これで、お弁当買ってくれるかな。お釣りはいらないから」

友紀ちゃんは黙っている。持たされたお金に目を落としていた。

「…………」

「ごめんね。でも、お母さん、料理下手だし。大事な模試で変なもの食べさせられないし。ここに泊まっているから、そもそもお料理作れないし」

きっと友紀ちゃんは、お弁当を作るのを口実に、少しでも文恵さんに家の中に戻ってきて欲しかったんじゃないかな。

不服そうに口を尖らせている友紀ちゃんに、真人が教えた。

「料理だったら、ここの厨房を使えばいいじゃないか」

「使っていいんですか」

「俺はしょっちゅうまかないを作るために使ってるぞ。頼んでやるよ」

友紀ちゃんの表情が少し和らぐ。最善ではないが次善の策、といったところかな。

しかし、文恵さんのほうが血相を変えた。

「ダメダメダメッ。私、ほんと、料理苦手なんだから」

「そうなのか」

「運動会とかのお弁当もがんばって作れたのは小学校低学年まで。お休みが取れて運動会をちらっと見に行ったら、他のお母さんたちのすごく色鮮やかなお弁当を見て、何だかいたたまれなくなって……」

私は、慌てふためく文恵さんの肩を叩いた。

「文恵さん、友紀ちゃんはお母さんの作ったお弁当が食べたいって言ってるんですよ。その気持ちに応えないと」

「でも、本当に料理ダメなのよ。あんなの持たせたらかえってかわいそう」

「そんなことない！　お母さんのお弁当がいいの！」

友紀ちゃんがなおも食い下がり、文恵さんがますます顔をしかめる。

「どうしたの、今日はそんなにわがまま言って。いつもおばあちゃんのお弁当がないときはスーパーのお惣菜でいいって言ってたじゃない」

「前は、そうだったけど……」と友紀ちゃんが言葉に詰まる。

「まずいお弁当なんて、友紀ちゃんに持たせられないよ」

それは、素敵なお弁当を持たせてあげたいという気持ちの裏返しじゃないか。

「だったら文恵さん、練習しましょう！」

「えええぇ――」

文恵さんがものすごく嫌そうな顔をした。しかし、無視する。

「幸い、ここには料理の上手な人がいるんですから。ね、真人？」

私がそう振ると、真人が驚いた顔をした。けど、すぐににやりとする。

「おまえがしてきたことの中で最も理性的で合理的で正しい行動だ。褒めてやるぞ、巫女見習い。文恵さん、そんなに料理に自信がないなら、俺が教えてやるよ」

文恵さんと友紀ちゃんがお互いの顔を見あわせる中、真人がわくわくしたような顔をしていた。


夕食が一段落して厨房が使えるようになった。真人は待ってましたとばかりに文恵さんの手を引く。友紀ちゃんと私もあとを追った。あれから、文恵さんには念押しして、今夜だけはお酒を控えてもらっているから、仮に包丁を握ったとしても酔っていて手を切るようなことはないだろう。

厨房は食後のデザートをいつでも出せるように準備してあった。他はきれいさっぱり片づいている。真人のまかないに付きあって厨房に入ることはたまにあるけど、いわゆる料理長さんみたいな人には会ったことがなかったな。どんな人なのだろう。

気にはなったけど、いまは文恵さんの料理練習だ。

手をきれいに洗った文恵さんが神妙な面持ちで立っている。借り物のエプロンはあまり似合っていない。

「あんた、お弁当はご飯がいいのか、それともパンがいいのか」

「私はご飯がいいです。っていうか——おにぎりとか」

「なるほど、おにぎりね」と真人が爽やかに笑った。「いい選択だ」

真人は余っているご飯を確認し、業務用冷蔵庫の中身を見ながら、友紀ちゃんの好き嫌いを確認する。

「特に好き嫌いはありません。あ、でも、プチトマトだけ苦手かも」

「ふーん。あれは弁当の彩りになるし、うまいんだぞ」

まかないと言いつつ、お弁当の彩りまで気にできる神様見習いって……。

迷うことなく、真人がおにぎりを作り始める。中身は、梅、昆布。それ以外にも高菜を軽く油で炒めてご飯に混ぜて作った高菜ご飯のおにぎりと、味噌をつけて焼いた焼おにぎりも作っていた。

香ばしい匂いが厨房を満たす。美衣さんが作業の合間にこちらを覗いていた。

さらに、おかずとして、厚焼き玉子、余っていた鶏肉の挽肉と豆腐で作ったハンバーグ、ブロッコリーの茹《ゆ》でたもの。

「すごい……」と、手際のよさに友紀ちゃんが見とれていた。

私もまったく同感。普段の言動と差し引いてもお釣りが来るくらいに、素晴らしい腕前だと思う。

お弁当箱がないからお皿に盛ったままだけど、あっという間にできてしまった。

手早すぎて文恵さんの参考になっていないような気もするけど……。

「試食も兼ねて多めに作ったから、食ってみろ」

真人が促すと、友紀ちゃんと文恵さんがおにぎりを手に取った。

「おいしいです」

「真人さん、これすごいね」

友紀ちゃんが昆布のおにぎりを食べ、文恵さんが高菜ご飯のおにぎりを食べている。ふたりとも、あまりのおいしさに驚いているようだった。

私もお相伴して焼おにぎりをひとつ手に取った。軽く焦げた味噌の香りを改めて深く吸い込んでからひと口食べる。

焼き目が入った香ばしい表面の奥から、白いご飯の甘味が押し寄せてくる。味噌は濃すぎず甘すぎず。おにぎりの大きさとの比率も文句なかった。

おいしい。それだけではなく、強い懐かしさがこみ上げてくる。

――『これ、食えよ』

――『そうか。うまかったか』

小さい男の子の声が聞こえたような気がした。何だろう。この胸の中の不思議な気持ち。とても大切な温かいものをこのおにぎりは纏《まと》っているように思う。

友紀ちゃんたちが箸でおかずのほうもつついていた。

厚焼き玉子も豆腐ハンバーグも絶品だ。ブロッコリーも、ただ茹でただけのはずなのに、鮮やかな色と歯ごたえと甘味が最高に引き出されていた。

京都の川床でお昼の御膳として出されても十分通用するレベルの料理ばかりだった。毎度毎度、とんでもないまかないを作るよね。

「おいしいね、友紀ちゃん」

「うん。おいしい」

真人のまかないには食べた人を笑顔にする力がある。現に、微妙な空気が続いていた母娘が笑顔でまかないのおにぎりを食べていた。

けど――。

「真人さん、こんな感じで模試の日もお弁当作ってもらえませんか」

文恵さんの言葉に友紀ちゃんの顔色が曇った。

「何言ってるのよ、お母さん」

「だって、友紀ちゃんも高校三年生で、入試を控えた大切な模試なのよ？」

「そういう意味じゃなくて！」と友紀ちゃんが文恵さんの言葉を遮る。「何でお母さんはそうなの？　自分で勝手に決めて、私の言うことを聞いてくれない！」

「聞いてるじゃない……。だから、友紀ちゃんにとって、一番、いい方向になる、ようにって」

「ならない！」

断固とした口調で友紀ちゃんが拒絶した。文恵さんがびくりとした。

「友紀ちゃん……」と、私が声をかけると、彼女がこちらを振り返った。

その目に涙が溜まっている。表情は強い憤りに満ちていた。

「私はお母さんにお弁当を作って欲しいって言ってるの。どんなにおいしくても、他の人が作ったお弁当じゃ嫌なの」

涙を堪えて友紀ちゃんが訴える。そのあまりの真剣さに文恵さんがうろたえているように見えた。文恵さんが何度か大きく息をついて噛み、眉根を寄せる。

そのときだった。

「本当に、どうしたの……友紀、ちゃん。……今日に、限ってそんな——」

文恵さんの言葉がぶつ切りになっていた。声から力が抜けていく。

「どうしました、文恵さん？」

そばにいた真人の腕を文恵さんが突然掴んだ。真人の服に皺が深く刻まれる。

「お母さん？」

文恵さんがそのまま身体をくの字にしてしゃがみ込む。「大丈夫、大丈夫」というような小さい呟きが聞こえた。頭をふらふらさせている。立ち上がろうとして、立てない。

しゃがみ込んでいた文恵さんが、そのまま横に倒れてしまった。

「お母さん！」

友紀ちゃんが悲鳴を上げる。文恵さんの返事はなかった。

真人が文恵さんを抱き上げ、部屋まで運ぶ。

文恵さんが倒れたのはこれで二回目だけど、一回目はお酒に酔っていたからだし、布団に運ばれてからは本当は狸寝入りだった。

しかし、今回はまったく違っていた。

ひどい脂汗を流し、息が荒い。こちらの呼びかけには弱々しく応えてくれるけど、明らかに苦しげだ。

佐多さんが飛んできた。

「大沢様、大丈夫ですか」

その声に文恵さんがはあはあ言いながらも、何度か頷く。

「救急車呼びますか」

文恵さんが首を横に振る。

「……大丈夫、酔いが回っただけですから。少し、寝ます」

今日は夕方飲んだ缶ビール以降は飲んでいない。厨房で包丁を持つときに酔っていては危ないだろうと飲まなかったのだから、明らかに嘘だと分かる言葉だ。

特に、私は文恵さんの病気を知っている。文恵さんの嘘が悲しかった。
友紀ちゃんが心配そうにじっと見つめている。
「お母さん……」
文恵さんはかすかに微笑んで、目を閉じた。「ちょっと寝るね」
しばらくして、文恵さんの呼吸が落ち着いてくる。表情はやや苦しげなままだった
けど、少し和らいだ感じだ。
室内にある時計の秒針の音が響く。
友紀ちゃんはじっと文恵さんを見つめている。真人はいつもの顔つきで腕を組んで
いた。佐多さんも視線を下のほうに落としている。
私はみんなの顔を何度も見比べていた。文恵さんの顔も見つめ、休憩処での話を振
り返る。
もう、黙っていられない。
私はいてもたってもいられなくなった。
「友紀ちゃん」
と、私が呼びかけると、彼女は「はい」とこちらを向いた。
その目は、文恵さんが見せてくれたあの動画の赤ちゃんの頃のままだった。
「文恵さんからは言わないでって言われてたんだけど——実は、文恵さん、ガンと闘

っているの」
言ってしまった。自分の声がどこか遠くに聞こえる。
でも、末期ガンで余命がほとんどないということは、私の口からはどうしても言え
ないけど。
友紀ちゃんは私の言葉に唇を噛んだけど、抑えた声でこう言った。
「やっぱり、そうだったんですね」
意外な答えに私のほうが驚く。文恵さんが話したのか。いや、あれだけ黙ってくれ
と念押ししていたのだ。それは考えにくい。では、誰かが話したのだろうか。真人を
見るが、「俺は言ってない」と首を横に振っていた。佐多さんも、知らなかったと言
っている。
「今日、家に戻ったときに、お母さん宛に高額医療費の明細が届いていたんです。こ
んなにお金がかかる病気なんて、ガンしか思い浮かばなくて」
「そうだったの……」
「お母さん、この旅館からどこにも行かないって言ったけど、もっと遠いところ行っ
ちゃうんじゃないかって。それを今日、聞きたかったんだけど、怖くて……。だから、
お弁当作ってとしか言えなくって……」
「それで、友紀ちゃんはさっき、文恵さんのお弁当にこだわったんだね」

うつむき、頷きながらも、顔を歪めて泣き出す友紀ちゃん。その顔も、赤ちゃんの頃の泣き顔のままだった。

「――お母さんは馬鹿だよ。何で私たちにいつも黙っているのさ」

絞り上げるような声で友紀ちゃんが言う。

「友紀ちゃん――」

「一人で遅くまで仕事して、私にもお父さんにも仕事のことも何も話さないで、何でも一人で抱えて。もっと私たちに何でも話して欲しかった。私はお母さんの話、もっと聞きたかったよ？　そうすればガンになんてならなかったんじゃないの？」

友紀ちゃんが文恵さんの寝顔に問いかける。

「お母さんが大好きなんだよね？」

泣きながら「はい」と、友紀ちゃんが何度も頷いている。

「お母さんも友紀ちゃんのことが大好きなんだよ。これ見て」

文恵さんのタブレットを借りて、そのロックを解除する。

あの動画ファイルはすぐ見つかった。

友紀ちゃんが不思議そうにしている。再生が始まった動画を見て、友紀ちゃんが驚きの声を上げた。

「これ、あたしが生まれたときの――」

「そう。友紀ちゃんの動画。赤ちゃんの頃から、幼稚園、小学校とずっと続いているんだ。文恵さんは毎日お酒を飲むときには必ずこの動画を見ていたのよ」

友紀ちゃんが唇を震わせた。

「そんな……」

タブレットでは生まれたばかりの友紀ちゃんが若い文恵さんに抱かれている。

私はその画面に映っている日付を指さした。

「出産のときの動画だから、ここにあるビデオの日付、九月二十日っていうのが、友紀ちゃんの誕生日だよね」

「はい」

「このタブレットのロック解除番号は『〇九二〇』。文恵さんは、友紀ちゃんの誕生日にしてたんだよ」

その事実に、友紀ちゃんの感情がまっすぐ溢れ出す。

「──お母さんっ。やだよ、私、お母さんが死んじゃったらやだよぉ」

友紀ちゃんが文恵さんの身体を揺さぶった。その友紀ちゃんの髪の毛に、文恵さんの手が伸びていた。

「勝手にお母さんを殺さないでよ、友紀ちゃん」

「お母さんっ」

目を覚ました文恵さんが力なく微笑みながら私たちを見ていた。

「あーあ、ガンだとバレちゃったか。ふふふ。でも、大丈夫。そんなにひどいガンじゃないから。昨夜のお酒が残ってて気分が悪くなっただけだから。脅かしちゃってごめんね」

この期に及んで文恵さんは、余命三カ月という最後の一線だけは守ろうとしている。強い人だな。私だったら、もうすぐ死ぬと思ったら、怖くて寂しくて、誰か身近な人に泣いてすがると思う。

でも、悲しい――。

突然、文恵さんがこの部屋を、いま初めて宿泊客が来たようにきれいに保っている理由が閃いた。文恵さんは、いつ自分が死んでも迷惑にならないように部屋をきれいに保っているのだ……。

「お母さん、死なないよね……？」

子供にとっては、聞くだけでこれ以上ない怖い質問。この質問をできる友紀ちゃんも強い心を持っていると思った。この強さはきっと、お母さん譲りなんだろうな。

でも、母も娘も強いからこそ、胸が痛い――。

「大丈夫よ」と文恵さんが微笑んだ。「小腹すいたな。さっきのおにぎり食べたい」

「待ってろ。取ってきてやる」

真人が部屋から出ておにぎりを取りに行った。

その間に、文恵さんがゆっくりと布団の上で身体を起こした。

おにぎりが来た。

文恵さんは高菜ご飯のおにぎりを取って、ぼそぼそと食べ始める。油を使っているから大丈夫だろうかと思ったけど、「おいしいね」と食べていた。

友紀ちゃんは味噌の焼おにぎりだ。

「冷めてもおいしい。たしかにお弁当にいいなと思うけど、私はお母さんのおにぎりのほうがいい」

文恵さんは黙って高菜ご飯のおにぎりを小さく食べている。

私も梅のおにぎりを食べながら、文恵さんに言った。

「真人のおにぎりはおいしいです。でも、文恵さんの作るおにぎりにはお母さんの愛情がこもっているんですよ」

おにぎりを持っていた文恵さんの手が布団の上に落ちる。

また具合が悪くなったのかとどきっとしたけど、そうではなかった。

文恵さんが目尻を拭いながら、自分の娘の顔を見た。

「どんな不格好でも返品なしだからね」

友紀ちゃんがうれし涙を浮かべて頷いていた。

だいぶ落ち着いたからと、佐多さんが部屋を出た。私も真人を引っ張って文恵さんの部屋を出る。

「引っ張るなよ、巫女見習い」

「早く。ふたりきりにしてあげなさい」

廊下に出ると、夜の暗さが心に迫ってきた。片手には食べかけのおにぎりを持っている。お行儀悪いけど、残りを廊下で立ったまま頬張った。

甘いお米の味がおいしくて、泣きたくなるほど懐かしい。

いままで何度か真人のまかないを食べさせてもらったけど、こういう感情が引き起こされることはなかった。

なぜなのだろう――。

窓ガラスに映る自分と真人の姿を見ていたら、妙なことを口走っていた。

「ねえ、私って、真人が作るおにぎりを食べるのって、今日が初めてなのかな?」

変なことを言ったと思う。私がおにぎりを食べるたびに、真人が眉をしかめているのを見てそう思ったのだけど……。

真人がふと目を逸らして独り言のように言った。

「二回目だ。小さいときに、あれだけおいしいおいしいと食べていたくせに、おまえは物忘れがひどいな」

真人のその言葉が引き金となって、胸の奥の思い出が蘇ってきた。

私の両親が離婚してすぐのときだ。

お父さんが家にいないという現実に頭の中で整理がつかなくて、夜にこっそり泣いていたんだっけ。

そのときに、ちょっと目つきの悪い、でもカッコいい年上の男の子が、おにぎりを作ってくれたんだ。

『人間はうまいものが好きなんだろ。これ、食えよ』

真っ白いご飯に海苔を巻いたおにぎりは、塩味がお米の甘さを引き立てていた。

私がおいしいと感想を言うと、その男の子はお日様みたいに笑ったっけ。

『そうか。うまかったか』

ぶっきらぼうで偉そうな物の言い方はいまも変わってないのに。

何で忘れていたんだろう。

「そのおにぎり、どこで食べたかは、まだ思い出さないか」

問われて考える。その問い自体がヒントになった。

「ひょっとしてなんだけど——私、そのとき『平安旅館』にいたの？」

真人が複雑な笑みを浮かべる。

「当たりだ。そうでなければ、どうやっておまえが高貴な世界に生きている神様見習いたる俺に出会うことができるんだ」

だんだん思い出してきた。

離婚したお母さんが、私を連れて京都に旅行に来たのだ。

お母さんもきっと、いろいろ思うところがあったのだろう。だから、この「平安旅館」に来たのだ。

お母さんの抱えていた「訳あり」がどんなものだったかは知らない。お父さんとのことだったのか、今後の生活のことだったのか。

でも、そんなに長い旅行だった記憶はない。

そしてそこで、私は私で真人に出会って、おにぎりをもらった……。

「何か、ごめんね、真人。私、すっかり忘れてて」

「まったくだ。人間というのは本当に恩知らずで薄情で物忘れがひどくて……」

言い返せない。まさか、人間一般に対する真人の毒舌の原因のひとつに自分がなっていたなんて。

でも、真人の言う通りなのだ。

私たちはもっともっと忘れていることがあるのだと思う。

そうして小さい頃の大切な思い出を胸の奥にしまい、年を取るにつれていつの間にか毎日の生活に折り合いをつけるだけになってしまうのだ。

挙げ句、大切な人に愛してると素直に言えなくなってしまう。文恵さんみたいに。

「真人、他に私が忘れてることないかな」

「さあな。俺はおまえじゃないから知らないよ」

「それはそうなんだけど」

何かあるような気がする。すごく落ち着かない。気持ち悪い。

真人が吹き出した。

「ははは。おまえをずっと見てきたけど、人間だって悪くはないのかもしれないな」

「え？」

「おまえでなければ、文恵さんたちの心を通わせることはできなかっただろうな。人間の母親の愛情とやらも、俺には不条理でよく分からないものだから」

私、真人に褒められたのだろうか。

いままでこき下ろされるのがほとんどだったから、何だか変な気分。

と、文恵さんの部屋から、楽しげな母娘の笑い声が聞こえてきた。

その幸せそうな笑いが、私にはとてもうれしい。

伏見の夜は温かな闇で私たちを包みながら、静かに更けていった。


日曜日、友紀ちゃんの模試の当日――。

朝四時起きで文恵さんは厨房を借りていた。随分早い時間からだけど、遅くなると宿泊客の朝ご飯の準備と重なってしまうからだった。万が一、大失敗したときのやり直しの時間も欲しいらしい。

私もお手伝い兼付き添いで一緒にいた。

エプロン姿の文恵さんが神妙な顔で頭を下げる。

「真人先生、よろしくお願いします」

「あくまでも俺は手伝いだけだからな」

文恵さん、少しでもおいしいものを食べさせてあげたいと、昨日は一滴もお酒を飲んでいない。練習もした。

「じゃあ、おにぎり作るぞ」

そう言って真人が小さな炊飯器のふたを開けようとする。

「あれ？　真人さん、こっちの大きな炊飯器のご飯を、おにぎり用に少しいただくのではないのですか」

「そっちは宿泊客用。おにぎりでお弁当に使うご飯とは、水の量が少し違うんだ」

「そうなんですか」

「米を炊くところまで手伝っちゃいけないとは聞いてなかったしな」

真人があさっての方向を見ながら早口で言った。

実はこの人、とてもいい人なのかもしれない。あ、いい「神様見習い」か。

真人が炊飯器のふたを開ける。炊きたてのご飯のいい香りが辺りに広がる。

塩水で手を濡らしてご飯を手に取ろうとした文恵さんが、思わず手を引っ込めた。

「熱っ」

「熱くて当たり前だ。そうしないとおいしいおにぎりはできない」

「でも、これ、熱すぎ」

「娘にうまいもの食わせてやりたいんだろ」

「――はい！」

炊きたての熱々のご飯を手に乗せる。真冬に熱い缶コーヒーを持ったように、両手にぽんぽん持ち替えた。

「そんなことしたら米同士がくっついて団子みたいになってしまう。あんたは娘に団子を食わせたいのか」

真人の情け容赦ないダメ出しは続く。

「塩の量が多すぎる。米の甘味が死んでしまう。娘も高血圧になるぞ」

「具と米のバランスが悪すぎだ。それじゃ昆布のほうがメインじゃないか」

年下の若い男の人にこんなにめちゃくちゃ言われながらも、文恵さんは食いついていった。

厨房に、今日の朝食担当の美衣さんがやってきて、朝食の鮭を焼き始める。

「これ、一切れ余分に焼いたんで、よかったら使ってください」

と、美衣さんがきれいに焼けた塩鮭の切り身をくれた。

「ありがとうございます」

文恵さんの作るお弁当は少しずつできていった。私は彼女が調理に専念できるように、調理に必要なものを用意したり、洗い物をしたりする。

「文恵さん、がんばってください。もうすぐ友紀ちゃんが来ますよ」

「え、もうそんな時間!?」

「よそ見するな。玉子が焦げただろ。やり直し」

結局、文恵さんがお弁当を作り終わったのは友紀ちゃんが来るほんの五分前だった。

文恵さんも真人も、汗だくだった。

みんなで冷たいお水を飲んでいたら、

「お母さん……どう?」

と、恐る恐るといった感じで友紀ちゃんが厨房に顔を出した。

「何とか、作ったわよ」

文恵さんが笑顔でそう言うと、友紀ちゃんの顔が明るく輝いた。

「ありがとう、お母さん」

「でも、やっぱり真人さんのようにはどうやってもできなかったわ。約束、覚えてるよね？『返品不可』よ？」

たしかにこのまえ真人が作った物と比べれば、粗はある。

おにぎりの形は不揃いだし、大きさだって少しずつ違った。海苔はずれているし、味噌は生焼けのところもある。

厚焼き玉子は三回やり直したにもかかわらず、焦げがついていた。一口豆腐ハンバーグは若干形が崩れていたし、ブロッコリーは少し茹ですぎで緑色が落ちてしまっている。

でも、何度失敗してもリトライを繰り返して作ったそれは、間違いなく、母の愛情のこもった最高のおにぎりとおかずだった。

そのお弁当を無言でじっと見つめていた友紀ちゃんが、顔を上げた。

「お母さん、ありがとう」

「試験がんばってね」

「うん」

友紀ちゃんがお弁当をリュックに詰めるのを見ていた文恵さんが呟いた。

「今日、旅館を引き払って、家に帰ろうかな」

友紀ちゃんの動きが止まる。

「お母さん、それ、ほんと――?」

答える代わりに文恵さんは、少し照れたような顔でお願いをした。

「友紀ちゃん、ちょっとだけでいいから、ぎゅってしていい?」

その言葉に友紀ちゃんも私たちの顔を見ながら恥ずかしそうにしている。

「それって何か、赤ちゃんみたい」

「親にとっては、子供はいつまでも赤ちゃんみたいなものなのよ」

文恵さんはその腕の中に大きくなった娘をしっかりと抱きしめていた。友紀ちゃんも、最初は戸惑っていたみたいだけど、おずおずとその腕で母親を抱きしめる。

名残惜しそうに抱擁を解くと、友紀ちゃんがリュックを背負った。

「じゃあ、行ってくるね」

「いってらっしゃい。お母さん、夕方には家に戻るからね」

友紀ちゃんが心底ほっとした表情でもう一度手を振る。その鼻が少し赤かった。

そのやり取りを見ながら、真人が私の隣でささやいた。

「不思議だな。文恵さんはガンも治っていないし何ひとつ変わっていないのに、心の重荷が著しく軽くなっている」

それはそうだろう。私がその理由を説明しようとする前に、背後から舞子さんの声がした。

「人間は心やからね。百億円積まれても、心の中に幸せがなかったら、その人は幸福な人生だったとは思えないもんや。逆に言えば、心が幸せに満ちていたら、その人は自分の人生を心底愛せるものなんや」

「ふーん」と、真人が鼻を鳴らすようにした。また皮肉のひとつでも言うのかと思ったが違った。

「人間の心って面白いものなんだな」

しかし、この日、家に帰ろうと言った文恵さんの言葉は果たされなかった。

友紀ちゃんを見送って数時間後、部屋から荷物を持って出ていこうとした文恵さんの容体が急変したのだ。

私たちが気づいたときには、すでに文恵さんは意識がなかった。

病院に運ばれた文恵さんは、そのまま亡くなってしまったのだった。

文恵さんが亡くなって一週間が経った。

あっという間だった。

お通夜には私や真人、「平安旅館」の人たちも参列した。

遺影で笑っている文恵さんを見ても、棺《ひつぎ》に納められたご遺体のお顔を見ても、現実感がまったくなかった。

うつむき、涙を流しながら弔問客に頭を下げるご主人と友紀ちゃんの姿も、不思議な光景に見えてしまう。

「平安旅館」に戻って大宴会場に行けば、お酒を飲んでいる文恵さんが待っていてくれるんじゃないか――。

でも、もう文恵さんはどこにもいない。

彼女がいた席は、不思議と誰も座らず、ぽっかりと空いていた。

この一週間、もうひとつ変わったことがあった。

「真人、この頃まかない作らないね」

「ああ」

大宴会場で静かに夕食をつつきながら、真人は伏し目がちにしていた。口数も少ない。

「真人も、文恵さんのことがショックだったの……?」

「別に……」

真人が私から目を逸らし、文恵さんがいつも座っていた場所を見つめた。

「人間って——何なんだろうね……」

自分で発した声なのに、あまりにも低くてぞっとした。

「え？」と、真人が私に振り返った。

「真人の言う通り、人間は短い命を生きている。それは知ってる。けどさ、せっかく文恵さん、あんなに笑顔になったんだよ？　やっと家族の元に帰ろうって思ったんだよ？　余命、あと三ヵ月あるはずだったのに、何であそこで死んじゃったの……？」

悲しくて悔しくて、涙が止まらない。私は肩を震わせ、唇を噛みしめ、ただただ泣き続けた。

真人が私の手に触れた。

「それこそ、本物の神様にしか分かんないことだけど。でも、文恵さんの心は間違いなく救われていた。だからちゃんと最後は宿を引き払ったじゃないか」

私は驚いて真人の顔を見つめた。いつもいつも人間のことを低級だの何だのと言っている「神様見習い」が、真剣な目で私に慰めの言葉をかけてくれている。

でも、真人の言う通りだと思った。

それができたのは、真人がおにぎりを教えてあげたからなんだと思う。

文恵さんの笑顔を思い出して、私はまた、声を上げて泣いた。

「平安旅館」に友紀ちゃんと文恵さんのご主人が訪ねてきたのは、文恵さんが亡くなって一週間経った次の日曜日のことだった。

「生前、妻が本当にお世話になりました。先日は通夜にも参列くださり、ありがとうございました」

ご主人は努めて明るく振る舞おうとしていた。舞子さんと佐多さんが丁寧に頭を下げる。

「少しは落ち着かれましたか」

「ええ、やっと。ただ、手続きがまだ残っているので、仕事に戻るのは来週になりそうです」

「私は明日から学校に行きます」

私と真人もそのふたりを少し離れて見ていたが、友紀ちゃんが気づいた。

「お父さん、あの人たちがこの前話した彩夢さんと真人さん」

「ああ。娘から伺っています。いつも妻の面倒を見ていてくれたとか。強情な奴でご迷惑をおかけしたんじゃないですか」

「いいえ、そんなこと」と私は首を振った。すでにご主人は目もとを手の甲で拭っていた。

ふたりが来たのは、ばたばたしていて「平安旅館」にそのまま残されている文恵さんの荷物を引き取るためだった。

舞子さんが、友紀ちゃんたちを文恵さんの泊まっていた部屋へ案内する。私と真人も一緒に呼ばれた。

相変わらず、きれいな部屋だった。

「ここに妻が何週間もひとりでいたんですね」

ご主人がまた泣いている。

持ち主がいなくなったキャリーバッグが、部屋の隅に置き去りにされていた。

舞子さんがご主人にキャリーバッグを渡し、念のために中身を調べてもらう。

着替えや化粧品などとともに、細かく破られた書類が出てくる。

それは、友紀ちゃんが突っぱねた離婚届だった。

「お母さん、本当に帰ってきてくれるはず、だったんだね」

友紀ちゃんが破られた離婚届をそっと撫でた。

荷物の奥から、衣類で大切に包むようにして、四角く薄い液晶が出てくる。まるでおくるみに包まれた赤ちゃんのようだった。

文恵さんが肌身離さず持ち歩き、お酒を飲むときには必ず見ていた友紀ちゃんの成長記録の動画が入ったタブレットだ。

「念のため、動作確認してください」と舞子さんが促す。

友紀ちゃんが、自分の誕生日を打ち込み、ロックを解除した。

「大丈夫です。動きます」

「中身も大丈夫ですか」

「確認します。……はい、データなどは消えたりしていません」

そのままもう一度、友紀ちゃんがロックしようとしたけど、ふと私が気になった。

「ちょっと待って、友紀ちゃん。これ見て。動画が増えてる」

と、タブレットの中のデータのひとつを指さす。

私の指摘に友紀ちゃんが慌てて確認する。

「本当だ。しかも、このデータ作成日って——お母さんが死んじゃった日」

胸の中で心臓が大きく跳ねた。私もその動画作成日時を確かめる。友紀ちゃんの言う通りだ。文恵さんが亡くなった日付けだった。

より正確に言えば、あの日、友紀ちゃんのお弁当を作って見送り、部屋に戻って倒れるまでの間に作られている動画ファイル。

友紀ちゃんが私と真人の顔を見た。

「見てみよう」と真人が頷く。

友紀ちゃんが震える指先で動画ファイルを再生した。


そこに映っていたのは文恵さん自身だった。

「お母さん――」

動画の中の文恵さんがはにかむようにしながらしゃべり始めた。

『今日は、久しぶりに友紀ちゃんのお弁当を作りました。小学校二年生のとき以来だから、十年近くぶりです。ちょっと不格好でゴメンナサイ。

お母さん、昔作ったお弁当が他のお母さんのお弁当と比べてあんまりひどかったから、こんなの友紀に持たせたらかわいそうだなって、作らなくなっちゃったんだけど……さっきの友紀ちゃんの笑顔見てたらお母さんが間違ってたなって思いました。これからがんばって作ります。

言い遅れましたが、この動画は今日の気持ちを録《と》っておきたくて、自分で撮影しています』

タブレットに映る母の温かい笑顔に、友紀ちゃんが声を噛み殺しながら泣いている。

ご主人も口もとを押さえ、肩を震わせていた。

『友紀ちゃんにはバレちゃいましたが……お母さんはガンです。

それと、これは友紀ちゃんには黙っていましたけど、末期ガンです。

だからほんとのことを言うと、余命がもう、あんまり……ありません。

あと何回、友紀ちゃんにお弁当を作ってあげられる、かな——？』

画面の向こうの文恵さんも涙を浮かべていた。

何度も涙で中断しそうになりながら、文恵さんは言葉を続ける。

『お父さん、こんなわがままな私と結婚してくれてありがとう。

職場の皆さん、ありがとう。

みんな、優しくしてくれてありがとう——』

たたみかけるように文恵さんが感謝の言葉を連ねていった。

『それから、『平安旅館』の皆さん、特に真人さん、彩夢ちゃん、ありがとう。真人さんと彩夢ちゃんのおかげで、私は友紀ちゃんにお弁当を作ってあげることができました。

友紀ちゃん、こんなお母さんのところに娘として生まれてきてくれて、本当にありがとう。友紀ちゃんのおかげで、私はお母さんというものの幸せを味わうことができました』

涙で画面を見ていられない。でも、文恵さんの最後の本心を受け止めたい。

友紀ちゃんのことが最後になったのは、友紀ちゃんへの気持ちが軽いからではなかった。むしろ、娘への愛情が深いから、たくさんしゃべりたかったようだった。

『友紀ちゃん――。お母さんらしいこと、全然してあげられなくて……ごめんね。だから、ガンなんて、罰《ばち》が当たっちゃったかもしれないね……。

身体に気をつけてね。勉強がんばってね。行きたい大学に受かるといいな。お母さんも祈っています。

それと――。

友紀ちゃんは、どんな人とお付き合いするのかな。お父さんみたいな優しい人だったら〝当たり〟だよ？』

画面の向こうとこちらで、母と娘が涙を流しながら、笑っていた。

『でも――できれば友紀ちゃんの、お嫁さんになった姿が見たかった……』

文恵さんが顔を伏せて泣き崩れる。

友紀ちゃんもご主人も、食い入るようにタブレットを見つめていた。文恵さんの声を聞き漏らさないように泣き声を押し殺して、激しく身を震わせている。

文恵さんが涙で濡れた顔を上げた。鼻をすすり、真っ赤な目で言葉を続ける。

『友紀ちゃんは、お母さんにとって、世界で一番かわいい女の子です。自慢の娘です。だから、もし生まれ変わりがあるのなら……また、友紀ちゃんの、お母さんになりたいです。
そして、今度こそ、友紀ちゃんのためにおいしいお弁当を、毎日毎日たくさん作ってあげたいです』
これから、おうちに帰ります――。
そう言って笑顔になって、動画は終わっていた。

「ああ、あああ……おかあさん――」

悲痛な声を上げ、友紀ちゃんが顔を伏せて泣きじゃくる。

友紀ちゃんだけではなかった。みんな泣いている。

真人も目もとを拭っていた。

いくら拭っても涙が止まってくれない。

その涙の合間に、私は真人に尋ねようとした。先日の藤尾先輩のように魂でもいいから姿を見せられないのだろうか――。

しかし、私はそうしなかった。

先ほどの最後のメッセージに、母親としての文恵さんのすべての想いが込められていると思ったからだ。あれ以上の素敵な愛のメッセージは、きっとない。

私は友紀ちゃんに向き直ると、お母さんと呼びかけながらまだ泣き止むことのない彼女の背中を撫でた。

何とか泣き止んだ友紀ちゃんとともに、私たちは文恵さんの部屋を出る。キャリーバッグはご主人が持っているが、あのタブレットは友紀ちゃんが大切に抱きしめていた。

玄関ロビーで靴に履き替え、ご主人が鼻をすすって頭を下げる。

西日が強く射していた。

「それでは、これで失礼します」

「ありがとうございました」と友紀ちゃんも一緒に挨拶した。

そこで突然、真人が大きな声を上げた。

「おにぎり！」

友紀ちゃんたちがびっくりしている。私もびっくりしたけど、真人はおかまいなしに続けた。

「うまかったか？」

やっと泣き止んだ友紀ちゃんがまた、口をへの字にした。

「はい。おいしかったです。おにぎりもおかずも、ぜんぶおいしかったです」

「そうか。もし葬儀とかでまだだったら、ちゃんと、お母さんにお礼を言ってやれよ」

「はい。ちゃんと伝えます」

友紀ちゃんがタブレットを撫でるように触っていた。

「それからな、もしまた、弁当を作って欲しいときがあったらここに来い。今度こそ俺がうまいのを作ってやる」

「真人さん……」

友紀ちゃんが笑顔を作ってお礼を言おうとしたけど、真人はそれを遮った。

「でも、もし、おまえがちょっと不格好でも母親のおにぎりがいいと思うなら、そう言え」

「え？」

「文恵さんの作り方は覚えた。だから、おまえが食べたくなったときには、いつでもあの味を再現してやる。巫女見習いも手伝ってくれる。だから——つらいことがあったらいつでもここに来い、友紀」

真人が、友紀ちゃんのことを「おまえ」とか「娘」ではなく、初めて名前で呼んだ。物言いは相変わらずだったけど、明らかに友紀ちゃんのことを気遣っている。

友紀ちゃんもそのことに気づいたのだろう。目を丸くしていた。

でも、すぐに「神様見習い」の不器用な優しさに、やっと堪えた涙がせり上げた。

「ありがとうございます。真人さん、彩夢さん」

友紀ちゃんとお父さんを見送りながら、私は真人の変化に不思議な感慨を感じる。最初に会ったときにはとにかく横柄だとしか思わなかったこの人が、こんなふうに人を気遣ってくれるようになるなんて――。

いや、本当にそうだろうか。

口の悪さも料理の腕も、真人は変わっていない。

真人は最初から本音だけだった。

変わったのは――私の心。

東京で居場所を失って京都に出てきて、さらに伏見稲荷大社で道に迷って真人に出会ってから随分時間が経ったようにも思う。

そして、いろんなお客さんと一緒の時間を過ごしてきた。

その人たちと同じ時間を生きて泣いたり笑ったりした心の通い合いは、いつまでも残っている。

いつか、美衣さんに「救われた」ってどういうことなのかと聞いたときに、こんなことを言ってくれたっけ。「それに答えることができたとき、彩夢さんの心はもう救われているんだと思いますよ」と。

いまならその意味が分かる気がする。

いろんな人生があって、それぞれに喜びがあって、ときには大きな悲しみがあって。

潰れてしまいそうでも手を取りあって、北風に刃向かうみたいに耐えて。

大企業の名刺もなくなって、お母さんが期待した「いい子」でもなくなり、彼氏にも振られて、すっかり迷子になっていた私だったけど……。

親の離婚で心を痛めている少年の心を、どうにかしてあげたかった。

恋人への想いを遺して亡くなった先輩の心を、届けたかった。

変わりたいと悩む女性の心と、一緒になって自分も悩んだ。

死を目前に娘への愛で本当はいっぱいの母の心に、素直になって欲しかった。

何とかしてあげたいと思って動いて、時に迷ったりしてうまく行かなかったり、時に真人に振り回されるようになりながら、でも、そのたびに私の心のほうがたくさんのものをもらっていたのだ。

目に見えない、手でも触れないけど、たしかにある素敵な心の宝物を——。

薄紅色の八重桜の下、友紀ちゃんたちが角を曲がって見えなくなっていく。

その後ろ姿を見つめる私の頭上から、花びらが降り注いだ。

エピローグ

友紀ちゃんたちを見送って「平安旅館」に戻ろうとして、ふと、先ほどの真人の言葉がもう一度心をよぎった。

「つらいことがあったらいつでもここに来い」——。

この言葉、私は知っている……。

玄関ロビーへ戻っていく真人に声をかけた。

「真人、さっきの言葉——」

「あん?」

「『つらいことがあったらいつでもここに来い』って、私が子供のときに真人、この旅館でそう言ってくれたこと、なかった?」

真人が立ち止まって振り返った。その表情はいたずら好きの少年のようでもあり、懐かしさに溢れているようにも見えた。

「やっと思い出したか——彩夢」

やっぱり、そうだったんだ。

だから真人はあの日、伏見稲荷大社のそばで私をまっすぐに見つけて、ここに連れてきてくれたんだ。

「ずっと忘れてて、ごめん」

悔しいけど、これは私が悪い。申し訳なくて涙が出てきた。

「俺はな、ずっと怒ってたんだ」

「そうだよね。私、ぜんぶ忘れちゃってたから……」

「違う」と、真人が強く否定した。

「え？」

「おまえは偉かったよ。理不尽な会社にも、ひどい彼氏にも。おまえが何か悪いことしたのか。全然悪くないじゃないか」

真人は怒ってくれている。私のために――。

私が、自分ではどうしようもなくて、だから何も言わずに受け入れるしかないんだとあきらめようとしていた理不尽な出来事に対して、真人は怒ってくれていた。

そうだ。私は本当は、怒りたかったんだ。自分の意志を明らかにして、納得できないことは納得できないって、きちんと言いたかった。

何より、この気持ちを誰かに聞いて欲しかったんだ。

鼻の奥がつんとして、目の前の真人の顔がぐにゃりと歪んだ。

堪えていたものが、見ないようにしていた気持ちが溢れ出して、気がついたときには、私は泣いていた。

「私――ほんとは……」

何度もしゃくり上げて、それしか言えなくなった私に、真人は不機嫌そうな顔をする。あなたが泣かせたくせにひどい奴だ。真人は自分の手を、私の頭にぽふんという感じで置いた。

「なんて顔してやがるんだ。俺は『神様見習い』だぞ。高貴な魂と明晰な頭脳を持っているから、物忘れのひどいおまえだろうとちゃんと覚えているんだ」

「うん、うん……そうだね」

真人が面倒くさそうに苦笑して、私の頭を乱暴にかき混ぜた。

「ほら、もうすぐ今日の夕飯だ。何が食べたい」

「え？」

「まかない。特別におまえの食いたい物を何でも作ってやる」

そう言って真人は無邪気に笑った。

夕食を作る優しい香りが、厨房のほうから漂ってきていた。

そうだ。私も今夜、ご飯を食べたら、お母さんに電話してみよう。

夕食のあと、自室へ戻った私は——何度か深呼吸して、お母さんの電話番号をタップした。

『彩夢、どうしたのよ、全然あのあと連絡しないで。心配したのよ』

一気にお母さんのペースで話されそうになるところを、がんばって言葉を投げ込む。

「お母さん、私、まだ京都にいるんだけど。お母さんが離婚したときに京都に連れてきてくれたの、覚えてる？」

お母さんは電話の向こうでちょっと笑っていた。

『そうそう。よく覚えていたわね。伏見稲荷大社っていう、鳥居がものすごくたくさんある神社のそばにあった旅館に泊まったの』

「『平安旅館』って名前じゃなかった？」

『そんなだったかな』

「私、いまその旅館に泊まっているの」

私の答えにお母さんが驚いていた。

『面白いこともあるものね。——あなた、また何かつらいことがあったの？』

「え、何で——？」いきなり核心を突かれたようで、声が裏返った。

『だって、あのときも京都に行きたいって言ったのは、彩夢だったじゃない』

「ええ——!?」思わず大きな声が出た。「私、小学生なのに京都に行きたがったの？」

『そうよ。テレビでも見たのかだだこねて。だから、京都に行ったのよ』

「そうだったんだ」

小学生の私、渋すぎ。いや、いまと同じなだけなのかしら。

『でも、そこの女将さんがいい人でね。いろいろ話聞いてくれて。あなたも元気になってたし。よかったわぁ』

「あのね、お母さん」と、私は遠回りしたけど、とうとう告白した。「私、会社でリストラされちゃって……」

『…………』

電話の向こうでお母さんが息を飲んでいるのが分かった。

「あと、お母さんに紹介した彼氏にも振られちゃってさ」

『――それで、京都に行ったのね』

「……うん」

怒鳴られるだろうか、泣き出されるだろうか、皮肉を言われるだろうか――。

でも、答えはどれでもなかった。

『――苦しかったんだね』

「お母さん？」

『修学旅行でもないのに彩夢が京都に行くなんて、お母さんの離婚のときと同じくらいのショックなことがあったんじゃないかって、心配でたまらなかったわ』

「――ごめんね、心配かけて」

私はスマートフォンを少し遠ざけた。そうしないと鼻をすする音が聞かれてしまいそうで恥ずかしかったからだ。

『でも、こうして電話してくれたってことは、少しは落ち着いたの？』

「うん」

『よかった。……それで、いつまでそっちにいるの？』

本当の本題に差し掛かった。

私はこの旅館で出会ったいろんな人の顔を思い浮かべて、勇気を振り絞る――。

「あのね――私、東京に戻らないでもいいかな」

『え？　どういうこと？』

「私には京都がいいみたい。これから女将さんにお願いするんだけど、こっちで働いていいかな」

振り返れば、自分の希望を正面切ってお母さんに言うのは初めてだった。

スマートフォンを通して、お母さんの息づかいが聞こえてくる。

今度こそ怒られる、と思った。

でも、ケンカしてでも、今回はわがままを通させてもらうんだ。

いろんなことを教えてくれたこの場所。私がすっかり忘れていたのに約束通り私を受け入れてくれた不器用な神様見習い。

私はもらいっぱなしなんだ。

だから、ちょっとでも返したいから、もう少しここにいさせてください——。

しかし、お母さんの答えは意外なものだった。

『——いいよ』

「……いいの？」

お母さんが大きくため息をついた。でも、そのため息はどこか満足そうだった。

『お母さんの離婚のときは絶対嫌だって騒いでいたのに、お父さんが出てってから、京都に行きたいと言った以外、彩夢は自分の意見をほとんど言わなくなった』

「…………」

『だから、お母さんがずっと彩夢の人生を守らなきゃってあれこれ口出ししてきたけど、これでいいのかしらってずっと迷っていたのよ』

「お母さん……」

初めて聞くお母さんの本心に、これまでのわだかまりが解けていく。

『お母さんこそ、ごめんね。でも、彩夢がやっと自分の意見を言ってくれた』

「……ううん。ありがとう」

不意に、目頭が熱くなった。

お母さんは最後にこう言ってくれた。

彩夢のこと、お母さん、応援する――と。


翌日、朝ご飯を食べに行くと、真人が神妙な顔で座っていた。

「おはよう、真人。早いね」

いつもなら私が大宴会場に到着してから真人が入ってくるのだ。

「ああ。彩夢の分の朝ご飯、俺が作った」

見れば、一人分だけ明らかにお膳が違う。

土鍋で炊いたご飯にいりこだしのお味噌汁、ふっくら肉厚のアジの開きに玉子焼き、お新香など。

まかないというよりも、完全に正統な旅館の朝ご飯だ。

「どうしたの？　昨夜は昨夜でまかないを作ってくれたのに」

夕食でお腹いっぱいいただいたのに、こんなおいしそうなものを見たらまたぞろ食欲が湧いてくる。罪深い神様見習いのまかない飯だ。

「彩夢は巫女見習いとしてよくがんばってくれた。おまえの心は来たときと比べて別人のように輝き出している。もうこの旅館を出ていくことができるし、巫女見習い業からも解放だ」

土鍋から炊きたてご飯をよそってくれながら、真人が説明してくれた。

「私の心、そんなに変わったのかな」

「ああ、だいぶ気持ち的に楽になったんじゃないか」

京都という観光地で、誰かさんのおいしいご飯を食べているからというのも多分にあると思うけど。

それよりも気になることがあった。

「真人は、『神様見習い』を卒業できたの？」

「俺か？　あー……まだだな」

おまえのせいで低級な人間の喜怒哀楽に共感できるようになってしまった、これはきっと魂の後退だ、おかげで地上での見習い期間が延長されてしまった、云々《うんぬん》。

やたらと口数多く説明する真人に、私は疑問をぶつけた。

「真人ってさ、本心は人間のことが好きなんじゃないの」

「ばっ……！」この人、いま「馬鹿」って言おうとしたのかしら。「とにかくおまえはもう自由の身だ。娑婆《しゃば》に戻ってよしっ」

でも、自由になったらなったで、考えなければいけないことがある。何しろ現実には私は無職確定者。これからどうやって生きていくか、真人は考えているのかしら。

そして——私がもう心を決めていることを、この「神様見習い」は気づいていないみたいだ。ときどき自慢する神通力も大したことないね。あ、見習いだもんね。

「ふふふ——」

「何だよ、気持ち悪いな、彩夢」

「別に」

真人の作ってくれた土鍋炊きご飯はおいしかった。お焦げが香ばしかった。おかずもお味噌汁も非の打ち所もなかった。

「ごちそう様でした」

「お粗末様」

真人がそっぽを向きながらお茶を飲んでいた。

「あなた、まだ『神様見習い』なんでしょ」

「ああ、そうだけど」

真人が怪訝な顔で私のほうに向き直った。

「だったらこれからも、私が『巫女見習い』してあげる」

「——ああ!?」

真人がすっとんきょうな声を上げた。

他の宿泊客の皆さんや、舞子さんや美衣さんまで驚いてこちらを振り返る。

「真人さん、どうしました？　えらい大きな声を出して」

嫋やかな微笑みを浮かべながら舞子さんが隣にやってきた。ちょうどいい。私は舞子さんに向き直ると両手をついた。

「私をこの『平安旅館』で働かせてください」


……こうして私はこの『平安旅館』で働き始めた。

東京からの引っ越しに意外にお金がかかったとか、東京に戻ったときにばったり会った元彼が距離感近すぎて勘違いしてたのでビンタしてやったとか、舞子さんにはきちんと手をついて頼んだのに自分には礼を尽くさなかったとイケメンの「神様見習い」がすねたとか、いろいろな逸話をはらみながら、京都伏見のこの旅館での私の新しい毎日が始まる。

初めての仕事でまだまだ不慣れなところもあるけど、私が自分で選んだ道だから。「訳あり」のお客さまも、そうでない方も、心からのおもてなしでお迎えさせていただこう。

ちょっと口が悪くて少しだけ不器用な「神様見習い」が作る、おいしいまかない飯とともに――。

あとがき

みなさま、こんにちは。スターツ出版文庫では初めて作品を書かせていただきます、遠藤《えんどう》遼《りょう》と申します。

今回は『京都伏見・平安旅館　神様見習いのまかない飯』をお読みくださり、本当にありがとうございます。

この物語はタイトル通り、京都伏見の旅館を舞台にしています。

本作では、リストラされ彼氏にも振られた主人公が京都へ旅に出ますが、奈良や京都といった日本の古都が私は大好きで、やはり日本人の心の故郷のひとつなのだなとしみじみ思います。

京都に初めて行ったのは中学校の修学旅行でした。次に京都を訪れたのは高校の修学旅行。せっかくの修学旅行が、なぜ中学・高校と連続で京都なのかと思ったものですが、何かご縁があったのかもしれませんね。高校の修学旅行では、神社仏閣だけではなく哲学の道や嵐山の何気ない空気がとても心地よく、大好きになりました。

旅とは不思議なものです。日常から離れて別の土地を歩き、いつかは帰らなければならない限られた時間を生きる。ひとり旅なら、語る相手は自分だけ。大勢で行っても旅の思い出は人それぞれ。旅が人を成長させるとしたら、それは旅をしながら自分との対話をして、新しい自分を発見するからではないかと思います。

だから、新しい自分を見つけるために、「訳あり」のお客さんを受け入れるお宿があったらいいなと思ったのです。いつの間にか、日頃の心の重荷を下ろし、伸びやかな笑顔に戻れる場所。人の温かさに触れ、人の心や自分の人生をもう一度信じてみようと思えるようになる場所——。そんなことを考えて「平安旅館」を創りました。

旅の魅力はおいしい料理にもあると思うので、イケメンの神様見習いにはがんばっていろんなまかないを作ってもらいました。お読みいただいた方が心に温かなものを感じてくだされば、作者としてこれ以上の喜びはありません。

最後になりましたが、この物語を書籍化していただきましたスターツ出版のみなさま方はじめ、すべての方々に心より感謝申し上げます。とても素敵なイラストをお描きいただきましたpon-marsh様、本当にありがとうございます。

どうか読者のみなさまの心が、笑顔と幸福で満たされますように。

二〇一八年八月　遠藤 遼

この物語はフィクションです。実在の人物、団体等とは一切関係がありません。

遠藤 遼先生へのファンレターのあて先
〒104-0031　東京都中央区京橋1-3-1　八重洲口大栄ビル7F
スターツ出版（株）書籍編集部 気付
遠藤 遼先生

京都伏見・平安旅館　神様見習いのまかない飯

2018年8月28日　初版第1刷発行

著　者　遠藤 遼　

発 行 人　松島滋
デザイン　カバー　徳重 甫＋ベイブリッジ・スタジオ
　フォーマット　西村弘美
D T P　株式会社エストール
編　集　篠原康子
　萩原聖巳
発 行 所　スターツ出版株式会社
　〒104-0031
　東京都中央区京橋1-3-1　八重洲口大栄ビル7F
　TEL　販売部　03-6202-0386（ご注文等に関するお問い合わせ）
　URL　http://starts-pub.jp/
印 刷 所　大日本印刷株式会社

Printed in Japan

ISBN　978-4-8137-0519-2　C0193

スターツ出版文庫　好評発売中!!

『記憶喪失の君と、君だけを忘れてしまった僕。』小鳥居《ことりい》ほたる・著

夢も目標も見失いかけていた大学3年の春、僕・小鳥遊公生の前に、華怜という少女が現れた。彼女は、自分の名前以外の記憶をすべて失っていた。何かに怯える華怜のことを心配し、記憶が戻るまでの間だけ自身の部屋へ住まわせることにするも、いつまでたっても華怜の家族は見つからない。次第に二人は惹かれあっていき、やがてずっと一緒にいたいと強く願うように。しかし彼女が失った記憶には、二人の関係を引き裂く、衝撃の真実が隠されていて——。全ての秘密が明かされるラストは絶対号泣！

ISBN978-4-8137-0486-7 ／ 定価：本体660円＋税

『今夜、きみの声が聴こえる』　いぬじゅん・著

高2の茉菜果は、身長も体重も成績もいつも平均点。“まんなかまなか”とからかわれて以来、ずっと自信が持てずにいた。片想いしている幼馴染・公志に彼女ができたと知った数日後、追い打ちをかけるように公志が事故で亡くなってしまう。悲しみに暮れていると、祖母にもらった古いラジオから公志の声が聴こえ「一緒に探し物をしてほしい」と頼まれる。公志の探し物とはいったい……？　ラジオの声が導く切なすぎるラストに、あふれる涙が止まらない！

ISBN978-4-8137-0485-0 ／ 定価：本体560円＋税

『きみと泳ぐ、夏色の明日』　永良《ながら》サチ・著

事故によって川で弟を亡くしてから、水が怖くなったすず。そんなすずにちょっかいを出してくる水泳部のエース、須賀。心を閉ざしているすずにとって、須賀の存在は邪魔なだけだった。しかし須賀のまっすぐな瞳や水泳に対する姿勢を見ていると、凍っていたようなすずの心は次第に溶かされていく。そんな中、水泳部の大会直前に、すずをかばって須賀が怪我をしてしまい——。葛藤しながらも真っ直ぐ進んでいくふたりに感動の、青春小説！

ISBN978-4-8137-0483-6 ／ 定価：本体580円＋税

『神様の居酒屋お伊勢〜笑顔になれる、おいない酒〜』梨木《なしき》れいあ・著

伊勢の門前町、おはらい町の路地裏にある『居酒屋お伊勢』で、神様が見える店主・松之助の下で働く莉子。冷えたビールがおいしい真夏日のある夜、常連の神様たちがどんちゃん騒ぎをする中でドスンドスンと足音を鳴らしてやってきたのは、威圧感たっぷりな“酒の神”！ 普段は滅多に表へ出てこない彼が、わざわざこの店を訪れた驚愕の真意とは——。笑顔になれる伊勢名物とおいない酒で、全国の悩める神様たちをもてなす人気作第2弾！「冷やしキュウリと酒の神」ほか感涙の全5話を収録。

ISBN978-4-8137-0484-3 ／ 定価：本体540円＋税

スターツ出版文庫　好評発売中!!

『10年後、夜明けを待つ僕たちへ』　小春《こはる》りん・著

『10年後、集まろう。約束だよ！』──７歳の頃、同じ団地に住む幼馴染５人で埋めたタイムカプセル。十年後、みんな離れ離れになった今、団地にひとり残されたイチコは、その約束は果たされないと思っていた。しかし、突然現れた幼馴染のロクが、「みんなにタイムカプセルの中身を届けたい」と言い出し、止まっていた時間が動き出す──。幼い日の約束は、再び友情を繋いでくれるのか。そして、ロクが現れた本当の理由とは……。悲しすぎる真実に涙があふれ、強い絆に心震える青春群像劇！

ISBN978-4-8137-0467-6 ／ 定価：本体600円＋税

『月の輝く夜、僕は君を探してる』　柊《ひいらぎ》 永太《えいた》・著

高３の春、晦人が密かに思いを寄せるクラスメイトの朔奈が事故で亡くなる。伝えたい想いを言葉にできなかった晦人は後悔と喪失感の中、ただ呆然と月日を過ごしていた。やがて冬が訪れ、校内では「女子生徒の幽霊を見た」という妙な噂が飛び交う。晦人はそれが朔奈であることを確信し、彼女を探し出す。亡き朔奈との再会に、晦人の日常は輝きを取り戻すが、彼女の出現、そして彼女についての記憶も全て限りある奇跡と知り…。エブリスタ小説大賞2017スターツ出版文庫大賞にて恋愛部門賞受賞。

ISBN978-4-8137-0468-3 ／ 定価：本体590円＋税

『下町甘味処 極楽堂へいらっしゃい』　涙鳴《るいな》・著

浅草の高校に通う雪菜は、霊感体質のせいで学校で孤立ぎみ。ある日の下校途中、仲見世通りで倒れている着物姿の美青年・円真を助けると、御礼に「極楽へ案内するよ」と言われる。連れていかれたのは、雷門を抜けた先にある甘味処・極楽堂。なんと彼はその店の二代目だった。そこの甘味はまさに極楽気分に浸れる幸せの味。しかし、雪菜を連れてきた本当の目的は、雪菜に憑いている“あやかしを成仏させる”ことだった！やがて雪菜は霊感体質を見込まれ店で働くことになり…。ほろりと泣けて、最後は心軽くなる、全５編。

ISBN978-4-8137-0465-2 ／ 定価：本体630円＋税

『はじまりは、図書室』　虹月《こうづき》一兎《かずと》・著

図書委員の智沙都は、ある日図書室で幼馴染の裕司が本を読む姿を目にする。彼は智沙都にとって、初恋のひと。でも、ある出来事をきっかけに少しずつ距離が生まれ、疎遠になっていた。内向的で本が好きな智沙都とは反対に、いつも友達と外で遊ぶ彼が、ひとり静かに読書する姿は意外だった。智沙都は、裕司が読んでいた本が気になり手にとると、そこには彼のある秘密が隠されていて──。誰かをこんなにも愛おしく大切に想う気持ち。図書室を舞台に繰り広げられる、瑞々しい“恋のはじまり”を描いた全３話。

ISBN978-4-8137-0466-9 ／ 定価：本体600円＋税

書店店頭にご希望の本がない場合は、書店にてご注文いただけます。